I AM VAMPIRE

Né en 1987, Romain Ternaux est un auteur français. Il se définit comme l'un des représentants français du Bizarro Fiction, courant littéraire américain qui mélange l'absurde, le burlesque et le trash, auquel il ajoute une dose de nihilisme joyeux et épanoui. Il a déjà publié plusieurs ouvrages, dont *Spartacus* et *L'Histoire du loser devenu gourou.*

ROMAIN TERNAUX

I am Vampire

LES ÉDITIONS AUX FORGES DE VULCAIN

ISBN : 978-2-253-10348-6 – 1re publication LGF

1

> Sachant, par expérience aussi, qu'aucune amitié n'est possible avec des cormorans, toujours à l'affût d'une proie à dépecer, il avait rompu des relations qui l'eussent obligé à devenir ou fripouille ou dupe.
>
> J.-K. HUYSMANS, *Là-bas*

En retard comme d'habitude, et je vois dans les yeux de Yann que plusieurs fûts ont déjà défilé. Je mets de plus en plus de temps à sortir de mon appartement, ne me demandez pas pourquoi. Je crois que j'ai des tocs, je me regarde dans le miroir et m'observe jusqu'à ce que mon visage se déforme complètement. Hypnotisé, fasciné par mes propres yeux extralucides. Merde, je deviens barge ? Dans son texto, Yann m'expliquait qu'il profitait de ses vacances pour se délester de son fric. Et il le faisait au Passage, le bar juste en bas de chez moi. Non mais, j'attendais quoi ?

Je m'assois essoufflé, j'ai failli me vautrer dans les

marches. C'est la lumière de ce foutu jour qui me paraît anormale, et encore, on est en début de soirée. Il faut que je me réhabitue, ça ne va plus, au moins que je rouvre mes volets. C'est sûr, je dois ressembler à un zombi, alors que Yann est carrément frais sous ses bourrelets !

— Alors, Bert', t'as trouvé un boulot ?

— Pfff, arrête.

— Va falloir que tu t'y mettes, hein ! Au moins, paye-moi un coup, c'est mon travail qui finance ton RSA !

Là, je blêmis parce que je n'ai absolument plus d'argent, mon compte au seuil absolu. Mais Yann éclate d'un rire énorme :

— Hahaha, je déconnais, Bertrand ! Fais pas cette tête ! Ce soir, c'est moi qui rince !

— Haha… Okay…

Vraiment, ça aurait été déplacé de sa part. D'accord, je touche le RSA, mais c'est exclusivement parce que mes parents m'ont coupé les vivres. Yann, lui, travaille dans l'armée. Autrement dit, ce sont *mes* parents qui le payent à présent *lui*, comme tous les fonctionnaires. Donc, il me paye ce coup avec de l'argent qui, en principe, me revient de droit. C'est juste un détournement, mais ce crétin est trop nanti pour se rendre compte que je ne lui devrai jamais rien. C'est vrai ! Son carnet de santé, c'est un sacré ticket pour ne rien branler : cholestérol de Jabba the Hutt, respiration de Dark Vador et le foie comme une fraise pourrie. Du coup, ce n'est pas demain la veille qu'on le verra combattre en Afghanistan : on l'a collé aux archives, ce qui s'avère plutôt peinard. Oui, le mot est faible, ne vous imaginez surtout pas qu'il farfouille dans la paperasse du matin au soir ! Tout est informatisé, alors il est collé devant son écran toute la journée, et croyez bien qu'il bosse davantage sur les dernières pornstars ukrainiennes que sur les dossiers des dernières recrues. Il se branle intégralement, et en plus on le paye, non mais je rêve. Moi, je peins du matin au soir sans argent, et je ne serai jamais subventionné. Une résidence d'artistes ? N'y pensez même pas : trop asocial, je ferais flipper tout le monde. Gardez votre fric, je finirai par vivre de mon art, quoi qu'il arrive…

Quoi qu'il arrive aussi, Yann ne peut pas s'empêcher de se la raconter. C'est la première pinte pour moi, probablement la dixième pour lui et comme un ogre, il me postillonne dessus en rabâchant la sempiternelle provocation :

— De toute façon, vous, les civils, on vous met à l'amende !

— C'est ça, c'est ça…

Il continue de payer les coups au fur et à mesure. Pour que ça dure, il ne faut pas le contrarier, parler le moins possible…

— Je rigole pas, Bert' ! Avec ce qu'on apprend à l'armée, on peut maîtriser toute cette ville de civils en moins d'une journée. On a des techniques de combat que tu ne soupçonnes même pas !

Vraiment, il me gonfle. Pfff, son seul entraînement, ça n'a jamais été plus que remettre des feuilles dans une imprimante. L'alcool se répand dans mon estomac vide, et mon cerveau se décide à le prendre au mot :

— Okay, bah vas-y !

— Vas-y quoi ?

— Fais-moi voir ! Tes techniques de merde, là. Montre-moi ! Essaye de me maîtriser !

Je m'apprête à rigoler parce que je vois mal ce gros con me faire quoi que ce soit, mais d'un coup il me saute dessus et la table se renverse avec tous nos verres vides qui explosent sur la mosaïque délavée ! Ce crétin de mâle morse m'appuie sur le cou avec ses cent cinquante kilos, il se délecte de m'avoir aplati les poumons :

— Alors, tu vois maintenant ?

— *Khôf, khôf, khôf !*

En revanche, celui qui paraît moins ravi, c'est le gros Mehdi. Le tenancier du Passage, ouais. La clientèle s'est figée devant la violence du plaquage, mais Mehdi s'est littéralement mis en mouvement, un mouvement plutôt inquiétant ! Il a décroché un sabre de décoration au-dessus du bar, probablement un legs de son grand-père, puis il commence à avancer dans notre direction. Alors, c'est la poursuite infernale, et je m'enfonce dans la nuit avec Yann.

Khôf khôf khôf, cette fois, c'est lui qui suffoque. Ça, c'est pas dans la salle des archives qu'on doit suivre ce genre d'entraînement ! Courir cinq cents mètres non-stop, avec tous les bourrelets qui s'entrechoquent, c'est un sport inédit ! N'empêche, on dirait bien qu'on a semé l'embrocheur furibard. N'empêche aussi, ce dernier aurait pu rester calme ! Après tout, chaque verre a été payé. D'accord, un peu de vaisselle a été cassée, mais il se garde une telle marge ! En tant qu'artiste, je peux comprendre que le prix du produit fini n'ait rien à voir avec celui des matières premières, mais là il s'agit d'une industrie et, plus précisément, du plus infâme conglomérat de pisse de chameau !

Bon, on fait quoi maintenant ? Yann l'a mauvaise, il me reproche de gâcher ses vacances.

— Mon temps est précieux, tu sais ! Mais non, tu ne peux pas savoir ce que c'est de travailler !

Quel mépris ! Alors que je ne me suis jamais accordé de vacances, jamais ! Vingt-quatre heures sur vingt-quatre dans mon appartement, à avancer sans relâche à mon grand œuvre. Mon cul n'est pas vissé sur une chaise, moi ! Je crée, je me donne du mal, toujours en mouvement, toujours en déferlement, et les toiles défilent ! J'aurais tellement dû larguer ce béotien après la fac, je me doutais bien qu'il ne cesserait jamais de me coller ! Pourtant, il n'est jamais monté regarder mes toiles, d'abord parce que ça ne l'intéresse pas, mais surtout parce que je ne les montre à personne ! Un jour, quand je me serai accompli, j'irai voir le galeriste du centre-ville. Ce sera le succès assuré, la gloire méritée, et Yann l'abruti s'achètera les produits dérivés sans même savoir que j'en suis à l'origine, puis il regrettera amèrement de n'avoir pas pu profiter de cette proximité, d'avoir côtoyé un génie tout en l'ayant toujours méprisé. Ma gloire viendra, peut-être après ma mort, mais c'est inéluctable !

En attendant, l'argent manque et fréquenter ce

genre d'abruti est mon lot. Pour quelqu'un de distingué comme moi, c'est particulièrement cruel d'avoir un mécène de cet acabit, mais la vie est ce qu'elle est, il faut parfois se contenter du pire. De toute façon, c'est difficile de résister : comme je me perds dans mes pensées, Yann s'imagine que je suis triste. Il me tape dans le dos et se propose à nouveau d'étaler du fric :

— Allez, je ne t'en veux pas, va ! On va se rattraper à L'As de pique ! On va brancher des meufs !

Je vais brancher des meufs, et lui va les faire fuir, ça se passe toujours comme ça. L'As de pique est la boîte branchée du quartier, avec prix à l'entrée exorbitant, comment refuser ? Yann sort sa carte, et moi je le suis parce que je suis soumis. Déjà à la fac, je le suivais parce qu'il avait une bagnole et m'évitait l'autobus, et dix ans plus tard, je continue de le suivre parce qu'il a de l'argent. Vraiment, des fois, je me dis que la mort sera un soulagement…

On s'assoit dans un canapé en cuir et on regarde les filles danser, Yann agite la tête en rythme comme un blaireau. Il est encore tôt pour une boîte de nuit, mais pour mon estomac à la diète, il est vraiment super tard : mon ventre vitupère jusqu'à recouvrir la musique ! Yann se retourne vers moi et ouvre de grands yeux d'abruti.

— Mais dis-moi, Bert', on dirait bien que tu crèves la dalle !

— J'ai pas mangé aujourd'hui… Juste bu du sirop de grenadine au petit déj'…

— Quelle idée !

— C'est pas une idée, c'est parce qu'on est en fin de mois.

— Ils servent des tapas ici, on se prend un assortiment ?

— Nan, nan, ça va.

— Mais si !

Et il se dirige vers le bar. Je savais qu'il le ferait de toute façon, mais je déteste lui être redevable. Il faut voir ce que *lui* pourrait me demander ! Toujours à essayer de s'incruster, à vouloir ramener ses potes militaires chez moi quand ils sont en permission ! Et plus il me paye des trucs, moins je peux refuser, mais je refuse quand même, quitte à passer pour un égoïste. La vérité, c'est que je ne pense jamais à moi, je sacrifie ma propre personne pour quelque chose de supérieur. Enfin bon, le jour où il comprendra ça…

Il revient avec l'assiette de tapas, et deux pintes. C'est toujours ça de gagné, mais franchement les tapas… Je veux dire, quelle arnaque ! Toujours, les bars présentent ça comme un truc consistant, du genre « assiettes de tapas, cinq sortes différentes » ou « mixtes » ou je ne sais pas quoi. Un sandwich mixte, là je ne dis pas, il y a matière à bouffer ! Mais les tapas mixtes, bah ! La charlatanerie du siècle, on a cinq amuse-gueules, point barre. De toute façon, il ne faut pas rompre le jeûne trop brutalement, ça m'ira très bien comme ça. C'est juste que je trouve ahurissant qu'avec un salaire comme le sien, Yann ne nous paye pas plutôt le restau ! Tout ce que je demande, c'est un peu de justice sociale ! Enfin, en vrai, je ne demande rien. Je trouve juste assez de combines pour ne pas mourir.

— Elles sont bonnes, ces tapas, hein ?

— Mh, mh.

Tu parles, on a déjà tout fini ! Lui s'en fout, il a dû manger un kebab avant de s'installer au Passage. À son enterrement, on le mettra dans une boîte à kebab géante, vous savez, les trucs en polystyrène, haha ! Bon, je me marre, mais je ne rigole pas trop. Rompre le jeûne en douceur, je veux bien, mais là j'ai encore faim ! Foutus tapas, et foutus escrocs espagnols qui nous ont importé ça pour que les bobos allongent leur fric. Les gens sensés n'ont jamais demandé ça ! Je bois de la bière pour combler le vide du faux repas, mais mon cerveau s'embourbe, je crois vraiment que je manque d'énergie. Bien sûr, c'est le moment choisi par mon tortionnaire pour me contraindre à nouveau :

— Allez, maintenant on va danser ! La blonde, là-bas, elle sent le sexe !

— Vas-y, moi je reste un peu dans le canapé, je vais… digérer…

— Non, non, tu viens avec moi ! Bon sang, Bert', tu peux au moins faire ça pour moi ! Je te nourris et tout, pfff, t'es vraiment un ingrat !

Sérieusement, si on se fie à l'indice satiété, je ne devrais danser qu'une minute ! Dans quoi est-ce que je me suis embarqué ? Quand l'autre nous poursuivait, j'aurais dû semer cet emmerdeur de Yann, retourner me barricader dans mon nid d'aigle. J'aurais ouvert une boîte de sardines de sous-marque discount, comme j'ai fait toute la semaine, qu'est-ce que ça aurait changé ? Trois litres d'eau par-dessus, et le ventre se remplit assez pour le sommeil, ma principale source d'inspiration. Parce qu'à choisir, je préfère largement m'épanouir endormi dans mes faux rêves que de vivre ce foutu cauchemar éveillé ! Les lumières tourbillonnantes déforment le visage de Yann, statique sur la piste de danse, et le visage se déforme et me fixe pour devenir faciès de monstre prêt à bondir ! Okay, okay, j'arrive. Pfff, je finis ma pinte d'un trait pour me donner du courage, puis je me lève pour mon rendez-vous avec la honte.

Parce que je vais vous le dire, ce qui s'annonce ne risque pas d'être subtil. À peine se retrouve-t-on sur la piste que Yann fonce vers la blonde-qui-sent-le-sexe, comme emporté par sa bite à tête chercheuse. Bien sûr, dans sa logique, je suis censé le suivre et le flatter, tout faire pour vendre à la femelle les qualités ô combien avantageuses de ce mâle en période de reproduction. Cependant, je préfère rester en retrait, je m'esquive discrètement tandis que le satyre fond sur son objectif. Trop peu de danseurs à cette heure, mais je me cache derrière les plus gros. Je sens qu'on me regarde, j'essaye d'avoir l'air normal. La la la, eh oui, je suis content d'être ici, j'ai mangé trois amuse-gueules, je m'éclate ! Pfff, je me fais chier, ouais ! C'est si mou, l'ambiance est pourrie. Même avec mon ventre vide, je me sens plus énergique que tous ces ectoplasmes. Mettez-moi un peu de rythme et je décollerai dans les airs ! Mais non, tout le monde est là, à essayer de danser, les jambes en réglisse et les bras en guimauve.

Une fille habillée en gothique me jette des regards très régulièrement, trop régulièrement pour ne rien signifier ! J'aime bien ses piercings, sur la tempe et sur le menton. Est-ce que parmi les trois débiles qui l'entourent, il y aurait son copain ? Difficile de savoir, ça crève les yeux qu'ils veulent tous se la faire, et la jalousie n'est plus vraiment à l'ordre du jour. Ce sont trois clones à moustache, grosses lunettes et salopettes, la nouvelle mode des branchés manipulés. Ont-ils seulement conscience qu'ils ressemblent aux Mario Bros ? Pfff, dire que l'un de ces trois gars va sûrement se la taper. Mais non ! C'est un devoir moral que de détourner cette jeune fille de la décadence, elle restera avec moi, je peindrai son portrait mille fois et nous resterons ensemble pour l'éternité. Je me rapproche d'elle discrètement, et à un moment, elle me sourit. C'est bon, je vais pouvoir l'hypnotiser et les trois marioles Bros ne pourront plus rien faire. Je m'apprête à entamer la conversation en lui faisant la danse du serpent, quand Mario 1 se met à gueuler :

— Hé, mais c'est ma meuf !

Quel dommage, je vais devoir le trucider, rien ne doit entraver mon destin commun avec mon amour gothique… Mais je me rends compte qu'il ne me regarde même pas, il a le visage tourné au lointain, derrière mon épaule. Ce bâtard ne veut pas regarder la mort en face, mais il va avoir une sacrée surprise !

— C'est ma meuf ! C'est ma meuf !

Et il part dans la direction de son regard, c'est ainsi qu'on défend sa femme en ce début de vingt-et-unième siècle, vous voyez ! Enfuis-toi, sale couard.

Moi, je saurai m'occuper d'elle ! Sauf que la direction qu'il prend, c'est celle du militaire obèse et de la blonde bonnasse ! Entre parenthèses, elle n'a pas l'air très contente, la petite, elle se débat plus qu'autre chose devant les avances brusques du Yann priapique ! Oh la la, il va la violer ou quoi ? Je savais que je n'aurais jamais dû venir, la honte ! Les Mario Bros suivent leur frère, ils abandonnent la proie qui me revient, c'est l'occasion de me débarrasser définitivement du lourdingue et de m'enfuir avec les piercings ! Je la regarde, elle me regarde, mais j'ai un doute. Suis-je vraiment sans cœur à ce point ? S'ils ne l'achèvent pas, Yann serait capable de me taxer d'enculé, disparu aussi vite que j'ai avalé ses foutus tapas de trois grammes. Dans ma situation, est-ce que je peux vraiment risquer cette inimitié ? D'accord, il ne me nourrit pas vraiment, mais je n'ai jamais craché sur ses pintes de bière qui remplissent l'estomac. Je me détourne de la belle et devine son air déçu. Pas autant que le mien… Je ne suis pas un mauvais gars, dans le fond, même si d'aucuns pourraient me juger égocentrique à première vue. La voie pleine d'embûches que j'ai décidé d'emprunter, celle de l'art sans concession, peut m'amener à des positionnements extrêmes, mais je n'en oublie pas pour autant les valeurs fondamentales de la vie comme l'amitié, et surtout l'honneur !

Bien sûr, la baston ne démarre jamais. Vous avez déjà vu Mario faire autre chose que sautiller ? La blonde se montre plus virile que ces trois mecs, elle tape dans le ventre de Yann de ses poings de squelette. Les Mario Bros ne font que parler, et à chaque mouvement de la baleine, ils reculent de trois pas. Pfff, c'est quoi cette époque ? Je ne vois que peur et lâcheté. Tellement de lâcheté que l'un d'eux sort une bombe au poivre ! Argh, ce truc aveugle et brûle les yeux pendant des jours entiers ! Yann est en vacances, c'est la période où il peut me payer des pintes toute la semaine et je ne veux pas perdre cette manne ! En cette fin de mois, mon existence entière en dépend, il faut que je les arrête…

Je me réveille. Mince, qu'est-ce qui s'est passé hier ? Au moins, je suis rentré chez moi. Même dans les vapes, je retrouve toujours mon appartement, le cerveau humain est une machine parfaite. Cela dit, j'ai mal partout. Il y a eu la baston, ouais. Je me suis jeté sur les Mario, mais après… ? Bon, j'essaye de me lever et, aïe, j'ai des courbatures partout. J'allume la lumière et, bordel, c'est la vision d'horreur en panoramique ! D'abord, je vois cet abruti de Yann affalé sur le sol, dans son lit en vomi. Cet irresponsable va bousiller mon plancher ! Je l'ai vraiment ramené chez moi ? Je ne ramène jamais personne chez moi ! Malgré la douleur, je me précipite pour recouvrir mes toiles, c'est mon jardin secret, n'essayez pas de me violer ! La deuxième vision d'horreur, c'est quand je baisse la tête et que je vois mon T-shirt en sang, mon propre sang, *je vais mourir* ! Alors, je hurle et la baleine échouée se réveille en sursaut.

— Bert', putain, ferme-la ! Il est tôt et je suis en vacances, je te rappelle !

— Je saigne, Yann ! Ils m'ont poignardé, je suis en train de me vider de mon sang !

Les deux traits irréguliers que formaient ses yeux se changent en deux globes exorbités, et d'un seul coup, il se remet à revomir, oh non ! Ça s'embourbe entre les lattes, je sens que ça va carrément pleuvoir chez les voisins ! Le vandale a l'air mal, mais pas autant que moi :

— Je vais crever, Yann, je le sens ! Je te prierai de bien vouloir détruire mes toiles sans les regarder !

En vrai, ce salaud serait capable de tout garder pour la postérité, comme Max Brod avec Kafka. Un vrai cafard ! Yann relève la tête, son menton dégouline et ses sourcils se froncent. Il se met à m'engueuler, moi, le macchabée !

— Raconte pas n'importe quoi, Bert' ! C'est pas ton sang, c'est le leur. Qu'est-ce qui t'a pris ? C'était dégueulasse !

— Hein ?

— Faut vraiment que tu trouves un boulot, parce que là tu deviens taré.

— Je comprends rien, Yann. C'est confus, là, j'ai aucun souvenir. S'il te plaît, dis-moi ce qui s'est passé !

— Arrête ton cirque…

— Je te jure ! J'étais dans un état bizarre, je me rappelle juste que tu draguais la fille blonde, là, et puis les gars sont arrivés, alors… j'ai voulu te défendre…

— Tu leur as sauté à la gorge, Bertrand ! Littéralement sauté à la gorge, avec tes dents ! Tu leur as… arraché des bouts de chair, bon sang ! On aurait dit une bête enragée, tu étais complètement possédé !

Ah merde. C'est l'alcool, ça. Et c'est surtout les tapas qui ne m'ont pas calé. Quand même, ça m'étonne. Devant tant de monde, en principe, je sais me contrôler…

— Ben désolé…

Si ce n'est pas mon sang, c'est encore plus dégoûtant. Surtout du sang de hipster ! Je retire mon T-shirt en vitesse et le jette au loin, il atterrit sur un cintre où il pend maladroitement. C'est vrai que je n'ai aucune sorte de coupure sur la peau, je suis rassuré. Je demande à Yann :

— Et comment ça s'est fini ?

— Comment ça ?

— Ben, sans vouloir te vexer, qu'est-ce que tu fais dans mon appartement ?

— Ils ont réussi à te maîtriser, heureusement ! Tu t'es acharné sur deux, trois cous, mais ils ont pu stopper ton carnage grâce à leur spray.

— Tu veux parler de leur bombe au poivre, là ?

— C'était une bombe à l'ail. Ça devient à la mode chez les bobos, c'est plus écolo. En tout cas, ça t'a fait de l'effet ! T'as bondi en l'air, t'as été pris de spasmes et tu t'es évanoui. C'est moi qui t'ai porté jusqu'à ma bagnole pour nous amener ici, c'était l'endroit le plus proche pour échapper à la police.

— Bon sang, il manquerait plus que je me tape une amende, je suis déjà à découvert…

— Je l'aurais payée, Bert' ! Mais tu comprendras qu'avec ma fonction, mieux vaut ne pas entacher mon CV avec ce genre de conneries ! Toi, tu t'en fous, t'as aucun statut.

— Yann, arrête de dire ça. Je suis peintre, au cas où ça t'aurait échappé !

— Ah ouais ? Eh bien, on va voir ça !

Et il se dirige vers le mur où j'ai recouvert toutes mes toiles, argh ! Je fonce sur lui et je lui saute sur le dos, n'y pense même pas ! C'est un combat de sumos, et je ne fais précisément pas le poids. Le colosse continue d'avancer, il détruit un peu plus mon intimité à chacun de ses pas. Qu'est-ce que je peux faire ? Je frappe ses omoplates avec mes poings, mais la gelée ne s'aplatit pas à la force d'une fourchette ! Ses doigts s'avancent vers les bâches, cet abruti ne respecte vraiment rien. Et puis, heureusement, je me rappelle ce que cette situation me rappelle : je suis la princesse Leia sur Jabba the Hutt, et je n'ai de chaînes que mes propres bras, alors je pratique un étranglement de judo. Ça fait de l'effet ! D'où je suis, je le vois qui tire la langue comme un énorme crapaud, il tombe bientôt à la renverse, oh putain ! Je me laisse tomber avant le fracas, j'effectue une roulade arrière pour protéger mon coccyx. Mon épaule prend un sacré coup, mais j'ignore la douleur afin d'achever la protection de mon œuvre : je me relève et commence carrément à taper dans sa graisse. Alors, il gueule comme un putois et j'ai peur qu'il rameute les voisins. Il ne manquerait plus que je me fasse virer de mon appart.

— Merde, Bertrand ! Arrête ! Tu vas pas me mordre comme t'as fait aux mecs de L'As de pique, quand même ? Faut te faire soigner !

— Je ne veux pas que tu regardes mes tableaux

sans mon autorisation ! C'est super personnel, Yann, faut pas faire ça !

— Putain, t'es vraiment barge.

J'arrête de frapper, et il arrête de se protéger. Il se relève lentement.

— Bon, je me casse. Faut que j'aille nourrir Wilfried. Je préfère passer mes vacances avec lui plutôt qu'avec toi, au moins je ne risque pas ma peau.

— Je te souhaite une bonne journée, Yann.

— À mon avis, la police va ouvrir une enquête, Bert'. Et je ne garantis pas que je témoignerai en ta faveur.

— C'est ça, bon vent !

Et il claque la porte. Pour info, Wilfried, c'est son husky de mauvaise compagnie. Je ne sais pas quel est le problème avec ce chien, s'il l'a acheté enragé ou s'il l'a trop longtemps enfermé dans une cage, mais Yann doit toujours lui faire porter la muselière. Une fois, dans la rue, Wilfried a carrément rongé les lanières de cuir censées protéger les passants de ses assauts, alors ça a mal tourné puisqu'une femme a dû fuir délestée du gras de ses cuisses. Yann a prétexté une filature antidrogue, et l'argument a bien fonctionné car la fille se trouvait en possession de cigarettes extra-light. Des mesures ont quand même été prises : désormais, ce sont des grilles de métal qui abritent les mâchoires de Wilfried. Je l'imagine très bien guetter l'arrivée de son maître par la fenêtre de son 4 × 4, frapper contre la vitre avec son museau métallique.

N'empêche, Yann a vraiment l'air fâché. Mais ce n'est pas la première fois. Je ne sais même pas pourquoi on continue de se fréquenter. Ou plutôt : je ne sais pas pourquoi il continue de me harceler, même si ça m'arrange à un niveau financier. Je le soupçonne d'une fascination malsaine pour ma personne, et il n'est certainement pas le premier ! J'ai tendance à envoûter les gens malgré moi, même quand ils ne connaissent rien de mon art. Je ne sais pas, ça vient peut-être des chakras, d'une espèce d'aura que j'aurais reçue malgré moi à la naissance. Je repense à la petite gothique... Bah, l'art vaut bien mieux que n'importe quel coït.

Je tends les bras, retire les bâches et ça confirme tout ce que je pense. Ma dernière toile, celle que j'ai commencée hier, est quasiment aboutie. Je suis sûr que c'est un chef-d'œuvre ! Je me précipite vers mes pinceaux, presse les tubes de peinture sur la palette et remplis un verre d'eau en plastique. Je suis prêt pour le finissage ! Ça va être dément, je suis sûr que personne n'a jamais représenté ça ! Au bout de dix minutes, c'est accompli, et je souffle sur les couleurs parce que je suis trop pressé. Il me prend l'envie de retourner voir une certaine secrétaire de galerie.

J'ai mon tableau sous le bras, recouvert de papiers journaux parce qu'il pleut légèrement. J'espère ne pas croiser Yann dans son 4 × 4, il serait capable de m'écraser puis de m'envoyer son chien pour faire disparaître les preuves, tout ça rien que pour jeter un œil à mon tableau. Et il ne vaut mieux pas qu'il le voie, croyez-moi ! Bon, j'arrive à la galerie. Anaïs, fidèle au poste, est confortablement assise devant le bureau de l'accueil. J'ai capté son regard de loin, derrière ses grosses lunettes de fausse intellectuelle, mais son visage s'enfonce toujours plus dans ses papiers au fur et à mesure que j'avance. J'ai vu que tu m'avais vu, petite, et ta timidité en dit long ! Une fois arrivé à son niveau, je demande à voir M. Gautier.

— Il est occupé. Il prépare le prochain vernissage.

— Qu'est-ce que c'est ?

— Delaproy. De l'art conceptuel.

— De la merde ! Le prochain vernissage, ce sera moi !

Sans attendre qu'elle me dise, comme à son habitude, de repasser une prochaine fois, j'ouvre les grandes portes qui mènent aux espaces charlatans. Des dizaines de toiles absconses attendent au pied des murs, et je vois Gautier discuter avec un immense sous-homme, probablement Delaproy. C'est une grande perche incroyablement maigre, un bonnet de laine sur la tête et un piercing dans le nez. Tous les deux se retournent vers moi lentement, ils ne se rendent même pas compte que ce que j'ai sous le bras va chambouler leurs petits plans de boutiquiers mesquins. Allez, tout ce dont j'ai besoin, c'est de l'assurance du génie :

— M. Gautier, vous tombez bien ! J'ai là quelque chose qui va révolutionner votre galerie poussiéreuse !

Son visage tout entier semble crier Non, pas lui ! L'échalas semble aussi vaciller, ne lui avait-on pas dit que le maquereau lui réservait sa journée ? Anaïs arrive derrière moi, tellement vite qu'elle a du mal à freiner et me rentre dedans, à défaut d'utiliser sa jupe parachute. Je manque de faire tomber ma toile, oh la la…

— Chère demoiselle, vous venez de passer à deux doigts de rembourser cette œuvre pour le restant de vos jours !

— Anaïs, n'avez-vous pas dit à Monsieur que la galerie était momentanément fermée ?

— Non, non, elle ne m'a rien dit ! Regardez donc ça !

— *Heuf heuf*… Si… *Heuf heuf*… Mais…

Je sors fièrement mon tableau, les papiers journaux tombent sur le sol. Les trois têtes de mon public ont exactement la même réaction : elles exorbitent leurs yeux, puis reculent de trois pas.

— Mais c'est… c'est horrible !

— M. Gautier, je m'en vais !

C'est Delaproy qui fait son cinéma. S'il est choqué par ce que j'ai peint, je ne comprends même pas qu'il se prétende artiste. Quant à Anaïs, je n'en attendais pas moins de sa part. Tant que mes œuvres ne seront pas affichées en pleines pages de ses magazines féminins, elle me snobera sans pitié. Attendez seulement que je passe à la postérité, elle reniera ses convictions inexistantes pour se vanter de m'avoir côtoyé, ne serait-ce que quelques minutes !

— Ah bravo ! Vous êtes vraiment un dégénéré ! Je vous avais dit de ne plus revenir me montrer vos saloperies. Vous détruisez tout ce que vous approchez. Si Delaproy annule son contrat, vous allez me mettre sur la paille !

— Mais prenez mon tableau, alors ! J'en ai des

dizaines, comme ça ! Les gens vont venir, ils seront fascinés, faites-moi confiance !

— Foutez le camp !

Et il ne rigole vraiment pas. Je propose gracieusement mes toiles à cet aveugle, et il ose me mettre à la porte ! Comme j'hésite à partir, le galeriste va même plus loin : il menace de briser mon chef-d'œuvre ! J'agrippe mon beau tableau et cours le mettre à l'abri. Je m'enfuis dans le long couloir, découragé parce qu'incompris. Mais au bout, j'entends une porte qui grince. Ce sont les toilettes, trois cabines proprettes qui s'alignent à côté de l'entrée. Une porte fermée détonne entre deux cuvettes exhibées, alors je *toc toc* toque contre la paroi du mystère. C'est ici que la secrétaire a dû se réfugier.

— Anaïs, est-ce que c'est toi ?

Un chuchotement lascif se fait entendre :

— Oh toi, oh toi…

— Hein ?

— Tu es un très mauvais garçon…

— Peut-être bien !

— Ce que tu peins, c'est… c'est…

— Bon, tu me laisses entrer ?

J'entends le verrou qui se débloque, je pousse la porte et Anaïs apparaît, cuisses étendues sur la lunette. Mes yeux s'illuminent et je pose ma toile contre la paroi, fermant la porte derrière nous. La secrétaire plonge directement les mains sur ma braguette. Après tout, je l'ai peut-être jugée un peu trop vite, mais il y a quelque chose que j'aimerais quand même clarifier :

— Anaïs ?

— Quoi ?

— Ton patron, est-ce que tu te l'es fait ?

— Hein ?

— C'est juste pour savoir, Anaïs. Après tout, c'est monnaie courante, mais tu comprendras bien que je ne tiens pas à passer après lui !

— Mais t'es vraiment un connard, toi ! En plus d'être un détraqué ! Ce sera le sujet de ta prochaine toile, c'est ça ? Non mais, pour qui tu me prends ?

— Chut, chut, heu… C'est pas le moment de gueuler, hein ! Oublie ce que j'ai dit !

— Certainement pas, va te faire foutre ! Tu te crois tout permis ? Dégage !

— Non, non, heu. On va rester un peu ici. Reste tranquille, et je te peindrai ! Tu es une personne raffinée, très élégante, le sujet parfait pour un portrait !

Ce n'est pas très crédible parce qu'elle se trouve toujours assise sur la cuvette des toilettes. À l'inverse de mes calculs, on dirait que mes paroles l'énervent encore plus ! Elle se retourne, puis brandit la balayette à chiottes. D'accord, elle fout définitivement en l'air son image de marque ! Seulement, avec sa nouvelle arme, elle pointe ma toile innocente, mon bébé posé sur le côté :

— Et avec ma physionomie, tu peindras ce genre d'immondices, c'est ça ? Tu n'es pas précisément Jérôme Bosch, tu le sais ? Les filles que tu rencontres n'ont pas vocation à intégrer ton univers dégueulasse !

Le sceptre de fin du monde s'approche de mon

œuvre, la réalité absolue va anéantir l'art absolu et il ne restera rien, rien que des poils de merde dans la peinture bon marché, le carnage sur la toile blanche et plate parfaitement colorée, le big bang contre le monde, la force d'extermination totale contre l'élan de naissance primitif ! Elle abaisse le marteau du juge comme dans une salle des ventes, sauf que le marteau pue le rance et que l'œuvre n'est même plus à vendre !

Mais la porte s'ouvre et s'abat sur le visage d'Anaïs, d'un seul coup ! Elle s'effondre sur le carrelage avec sa canne diabolique, alors ma toile est sauvée. La face ahurie de M. Gautier me fixe avec toute la haine du mâle lésé. Il se met à me hurler dessus dans l'encadrement de la porte explosée :

— J'ai appelé les flics, vous aurez à répondre de vos actes, espèce de fou !

Comme si c'était moi qui avais assommé ma secrétaire, n'importe quoi ! Les profiteurs feront toujours le nécessaire pour assassiner les artistes, c'est l'argent contre l'art, le confort contre la misère, toujours la même histoire. Les parasites sucent les chiens forts et vigoureux au travers des poils luxuriants, et le chien perd de sa vitalité et finit piqué lorsqu'il perd les pédales. Problème : Gautier baisse sa face de parasite et aperçoit mon chef-d'œuvre contre la paroi, ses yeux remontent dans mes yeux où se reflètent très bien ses intentions, c'est une catastrophe ! Alors, réflexe plus qu'instinctif, je saute à la gorge du béotien et le sang se répand à nouveau, oh putain. J'entends les sirènes de la police, cours au travers des couloirs et plonge dans une fenêtre. Lévitation quasi envolée, je me sens léger et lourd de mes exactions. La misère et la frustration me rendent fou, je vais finir par devenir un danger public. J'en ai carrément oublié le tableau. C'en est trop pour mon cerveau. Tout ce bordel m'échappe, je ne comprends absolument rien à ces dernières journées. J'ai beau me protéger du soleil, on dirait bien qu'il m'a ébouillanté la tête !

Dans mon appartement à nouveau, je halète et me pose pas mal de questions. Est-ce que j'ai vraiment mordu M. Gautier ? S'ils font des tests ADN, je suis dans la merde. Là, c'est sûr qu'ils vont me couper le RSA ! Yann va se foutre de ma gueule et mes parents achever de me renier. Mais ce foutu galeriste aura d'autres problèmes à régler : violences sur une employée, et puis le vol d'œuvre d'art, rien de moins ! J'espère qu'Anaïs va déposer plainte, que ce sera la ruine de son petit business, dehors les escrocs ! Vous n'avez pas voulu de mes œuvres, eh bien la justice immanente opère, pleurez maintenant ! Pourvu que ce fils de putois ne jette pas ma toile à la poubelle, c'était la plus réussie… J'ai super faim. J'ouvre les placards et il n'y a rien, forcément… Même plus de boîtes de sardines discount, juste la bouteille de grenadine, saloperie !

Vivement le premier du mois, je déteste être redevable de quoi que ce soit envers Yann, il recule toujours plus loin ses foutus chantages. Genre, d'accord Bert', voici 30 euros, maintenant débrouille-toi pour que ces deux meufs atterrissent dans mon pieu. Le mec me prend pour un sorcier, je ne maîtrise pas la magie noire ! Même un crapaud ne voudrait pas qu'il lui lèche les furoncles, alors deux femmes d'un coup, laissez tomber. Je me demande s'il s'en est jamais tapé une seule. Même inconsciente sous GHB, la nana se défendrait, j'en suis convaincu. Il faut que je trouve un moyen de faire du fric, indépendamment de tout le monde. Mon appartement regorge de toiles, mais personne n'en a rien à foutre. Quand je dis personne, je parle essentiellement de M. Gautier, le seul galeriste de cette connerie de ville de province. Je ne vais quand même pas faire du démarchage au porte-à-porte !

Je jette un regard vers ma bibliothèque, je crois que j'ai une idée. Si je revendais toute cette paperasse ? Après tout, je ne reviendrai jamais sur tous ces caractères poussiéreux, surtout pour ce que ça vaut… Je veux dire, en dehors de trois ou quatre chefs-d'œuvre absolus comme *Les Chants de Maldoror* ou les nouvelles d'Edgar Poe, je n'ai que des bouquins d'art, et pas des plus glorieux. Je me suis intéressé à tout, et c'était peut-être une erreur, je le confesse. L'art moderne et l'art contemporain, autant de charlatans riches à millions, souvent sur argent public, que nous le voulions ou non. Regardez-moi ça, j'ouvre les livres et je vois toutes ces escroqueries sur papier glacé, le bleu de Klein, la pissotière de l'autre, le balai de la Joconde et les boules de Jeff Koons. Maurizio Cattelan passe à peu près, parce qu'au moins il joue cartes sur table : il vend l'espace qu'on lui réserve à des publicitaires, il vole les œuvres d'autres faiseurs, *another fucking ready-made*. Duchamp, c'était le début de l'apocalypse. Parlez-moi de Botticelli, parlez-moi de Fra Angelico, de Bosch comme l'autre pétasse ou encore de William Blake ! Mais abattez sur-le-champ tous ces subventionnés, tous ces imposteurs dégénérés, ils nous ont sucé le sang jusqu'à la moelle. Et pendant ce temps-là, je crève de faim, moi qui suis dans la divine lignée. Tout artiste est mystique ou n'est pas, c'est comme ça. Plus il y a de calcul, et plus on s'éloigne du sujet. Aucun ordinateur n'a jamais fait de l'art.

Je saisis donc à pleines brassées les résidus d'arbres mal tombés. Je me souviens d'un bouquiniste dans une rue obscure, un vieillard mystérieux qui ne sort jamais de sa piaule millénaire. Je vais lui refourguer ça, je devrais me faire plusieurs dizaines d'euros. Et il n'a pas intérêt à m'arnaquer, sinon je l'écorche vif ! J'ai une soudaine envie de charcutaille, pourvu que le commerce me soit favorable.

Pfff, la vitrine est fermée. Porte close, la petite affichette de fermeture pend derrière la vitre et l'intérieur sombre me nargue au-delà, putain de merde ! J'ai ma dizaine de livres sous les bras et comme un blaireau, j'ai fait cinq cents mètres pour rien. Quand même, je regarde à l'intérieur, j'ai envie de tout défoncer. Je commence à tambouriner à la vitre, rien que pour me défouler. Alors, ça s'agite à l'intérieur, une lumière s'allume, oh ! Le vieillard à la barbe de cent jours sort en furie, ses yeux rouges envoient des flammes dans mes pupilles :

— Qu'est-ce que vous voulez ?

— Bonjour Monsieur ! J'ai tous ces bouquins à revendre. Vous pouvez me faire un bon prix ?

— Non, non, je n'achète plus rien.

— De quoi ?

— Personne ne vient plus chez moi, alors je ne peux pas me permettre de constituer du stock. Au revoir, Monsieur !

— Attendez ! Merde, attendez, putain ! Regardez la qualité, ils sont quasiment neufs ! Il y a du Koons, du Klein et du Filliou, ça intéressera forcément les gens !

— Plus personne ne lit rien, vous savez...

— Mais je ne vous parle pas de lire, bon sang ! Je vous parle de regarder des œuvres sur papier glacé. Ça, les gens aiment a priori ! Vous allez passer à côté d'une sacrée manne ! C'est de l'art conceptuel, tout le monde aime le minimalisme, ça évite aux gens de trop penser !

Là, le vieillard hésite. Soit il retourne dans sa tanière, soit il fait un minimum confiance à ce que je déblatère, et qui s'avère plutôt juste ! Alors, il sourcille et il finit par céder. Au fond, je suis peut-être sa dernière chance !

— Entrez, je vais regarder ça.

Eh ben, ça c'est nickel ! Et la porte grince, et les étagères se dressent, on dirait qu'il y en a des milliers ! Tellement pleines à craquer qu'elles ont l'air de tomber. L'endroit est maléfique, ça se voit tout de suite. Et ce petit gars d'avancer dans les allées mal éclairées, et les montagnes de livres de manquer à chaque pas de tomber. Finalement, on arrive à son bureau. De sa voix grinçante, il analyse mes bouquins et commente :

— Mmh, d'accord, d'accord…

Les livres d'art défilent entre ses ongles marron. Il paraît pour le moins dubitatif. À un moment, ses yeux s'agrandissent et il s'arrête :

— Ça, qu'est-ce que c'est ?

Il me tend une espèce de vieux carnet, j'ai envie de lui retourner la question.

— Beuh, c'était sur votre bureau, non ?

— Absolument pas, il était dans votre lot avec les autres.

— J'ai pas fait gaffe… J'ai dû prendre ça pour un livre sur l'art brut !

Le bouquiniste l'examine incrédule, puis l'ouvre. La reliure craque et les pages crachent, une montagne de poussière s'élève dans la salle qui suinte. Alors, cette scène réactive mes synapses et je me rappelle mon propre père me confiant cet ouvrage il y a de cela plusieurs années, un legs de mon arrière-grand-père. C'était un carnet de dessins que l'ancêtre avait esquissés lui-même au dix-neuvième siècle ! Et moi, je n'ai jamais eu la curiosité de les regarder. Ma pensée d'alors était la suivante : il n'y avait de place dans la famille que pour un seul artiste. L'élection des muses n'intervient qu'exceptionnellement, et il me plaisait de croire que j'avais leurs faveurs, d'autant que mon aïeul essuyait une triste réputation. Il était le fou du village, reclus et diabolique. On lui avait imputé plusieurs meurtres, aussi les paysans l'avaient-ils chassé lors d'une expédition punitive, torches à la main. Tout ce qu'on avait retrouvé de lui, c'était ses dessins. Des décennies plus tard, je déposais le carnet dans mes rayons, et puis je l'ai simplement oublié. Le bouquiniste, pour sa part, a l'air de se passionner. Il ouvre de grands yeux derrière ses culs-de-bouteille, mais d'un coup, il se met à hurler :

— Oh mon Dieeeeuuuu !

Putain, c'est si bien que ça ? Si je suis cohérent, il va falloir que je range les pinceaux… Les rétines du vieux s'exorbitent et ses mains tremblent, puis il lance le manuscrit au travers de la pièce. Putain, c'est si mauvais que ça ? Je ressors les pinceaux dans ma tête, je suis plus déterminé que jamais !

— Vous êtes un monstre ! Dégagez d'ici !

Allons bon, de génération en génération, il faut croire qu'on passe notre temps à se faire dénigrer ! À se faire virer, surtout, et là c'est complètement injuste, je n'ai absolument rien fait ! Il faut vraiment que cette transaction aboutisse, je vais essayer de ménager le pépé :

— Qu'est-ce qui vous prend, mon bon ?

— Vous foutez le camp avec vos papelards du diable !

Okay, on dirait que ça ne va pas être coton. Il me pointe du doigt comme un inquisiteur :

— Qu'est-ce que c'est, ça ?

Je baisse le menton, je ne vois rien.

— Là, là ! Oh mon Dieu, qu'est-ce que c'est ? Ne me dites pas que…

En reculant la tête et en louchant à moitié, je parviens à voir le bout de mon col. On dirait une tache.

— C'est… c'est du sang ! Vous allez me tuer !

Erf. M. Gautier m'a laissé un petit souvenir, on dirait. Je suis sûr que c'est ça, son cou a légèrement giclé… En panique, je cours ramasser le livre de la discorde et me rends compte qu'il est tout abîmé. Alors, une idée me vient à l'esprit :

— Vous avez trop d'imagination. Et surtout, vous avez dégradé une œuvre de collection ! Vous me devez au moins mille euros !

— C'est moi qui vais vous faire un procès ! Non mais, c'est vous qui dessinez ça ? C'est un vrai préjudice moral que vous m'avez infligé !

— Mais qu'est-ce que vous racontez ? Ce n'est qu'un carnet, bon sang ! Un foutu carnet ! Et super vieux, avec ça ! Vous devez m'acheter au moins tous les autres pour compenser !

Il se dirige vers son tiroir-caisse tout en me surveillant du coin de l'œil. Ses mains tremblent, j'ai vraiment l'impression d'être un démon. Qu'est-ce qu'il peut bien y avoir dans ce foutu carnet du dix-neuvième siècle ? Des insectes écrasés ? La tronche de Napoléon III ? Je pince la couverture en cuir pour l'ouvrir, mais l'autre rapplique comme s'il s'était téléporté :

— Ne faites pas ça ! Ne l'ouvrez pas ! Plus jamais !

— Bon, vous me les prenez combien, les livres d'art contemporain ?

Il reprend la lourde pile entre ses mains, et il me la flanque sur le torse, *heuf* !

— Je ne veux rien de vous ! Dégagez !

— Hey !

Il me tend une liasse, qu'est-ce que ça veut dire ?

— Je vous donne cinquante euros pour que vous ne remettiez plus jamais les pieds ici !

— Ah ? Je garde les bouquins ?

— Vous reprenez tout, et vous ne revenez plus jamais ! J'ai bien dit : plus jamais !

Bon, ben en l'occurrence, l'hystérie m'arrange et j'ai gagné ma journée. Je reprends le tout et je lui fais un gros doigt d'honneur. Je cours très vite avant qu'il ne change d'avis.

Je me suis assis sur le banc d'un parc pour souffler, puis optionnellement regarder ce que contenait le carnet si mystérieux de mon arrière-grand-père. Problème : les gardiens sont arrivés pour me demander de partir, ils étaient sur le point de fermer les portes, bien trop pressés de finir leur journée. Je ne réclamais que quelques minutes supplémentaires, mais ces débiles sont partis chercher du renfort. Je dois avoir une tête à faire peur après tous ces événements… Tant pis pour eux, moi je suis dans mon droit !

C'est donc là, sous la lumière des lampadaires et la bise nocturne, que j'ouvre le vieux carnet d'esquisses et peux contempler ce que je qualifierais de chef-d'œuvre. Mince alors, quelle scène hallucinante ! Digne des maîtres anciens et des vices de la nuit des temps, le passé parle au présent ! C'est comme si mon ancêtre avait anticipé sa descendance, tel un autre Nostradamus ! Parce que ça me parle, et pas qu'un peu ! Ce sont des gravures de tortures, la farandole de l'Enfer. Des corps lancinants empalés, ils font la queue-leu-leu en direction des pires châtiments ! Une roue pleine de lames et de larmes, un bûcher plein de cendres et de sang. Des esclaves transpercés par leurs chaînes incandescentes, et le supplice de la roue en roue libre. Femmes violées par des hommes émasculés, animaux en pleine action sur la chair humaine, carnivores et végétariens dans la forêt crépitante. Et les chaudrons se remplissent et les écoles se vident, les enfants eux-mêmes s'adonnent aux vices ! Les augures sont des vautours, l'hirondelle annonce l'hiver et les corbeaux assoient leur postérité pour toujours ! C'est dégueulasse, mais pas pour la raison qu'on croit ! C'est carrément ma toile volée par M. Gautier qui se retrouve esquissée dans ces pages ! Pépé Nostradamus m'a volé mon idée, avec cent cinquante ans d'avance ! Mais merde, à quel jeu est-ce qu'il a joué ?

Clic clac, j'entends un bruit et je ressens une pression sur mes poignets. Un policier s'est immiscé derrière moi, et il essaye de me mettre les menottes ! Argh, qu'est-ce que ça veut dire ? Un délai de quelques secondes pour entrer en connexion avec mon passé, ça vaudrait de m'envoyer au poste avec tout ce que ça implique ? Je suis à la fois révolté, apeuré et apitoyé, parce que je vois beaucoup de détresse au fond des grands yeux noirs de cet agent de l'ordre. En plus, ses collègues qui nous rejoignent n'ont pas vraiment l'air de cautionner.

— Qu'est-ce que tu fous, Gérard ?

Bonne question :

— C'est vrai, ça, qu'est-ce que vous foutez ?

Des gouttes de sueur perlent sur son front malgré la fraîcheur de la soirée. Gérard fait à peu près la même tronche crispée que le bouquiniste de tout à l'heure, mains tremblantes et mâchoire apeurée :

— C'est… C'est le diab' !

— Qu'est-ce que tu racontes encore, Gérard ?

Ça, j'aimerais bien le savoir ! Moi, le diable ? Faudrait quand même pas exagérer ! N'empêche, la terreur absolue dans les pupilles de ce monsieur, ça me ferait presque frissonner. Pourquoi est-ce qu'ils se méfient tous de moi ? Je ne suis qu'un artiste ! Je ne me suis jamais vu comme quelqu'un de dangereux. Bon, d'accord, j'ai fait des trucs bizarres dernièrement… Mettez donc ça sur le compte de la fatigue et de l'extrême dénuement dans lequel la société me force à vivre. Je ne suis pas fonctionnaire, moi ! Je n'ai aucun salaire garanti par l'État ! Foutez-moi donc la paix, laissez-moi gérer ma vie et mon art ! Parce qu'apparemment, ça fait bien deux cents ans que ça se prépare, et maintenant je compte bien en profiter.

— Ce sourire ! Quand il a regardé son livre du démon, là, c'était le sourire du diab' !

Allons bon, son accent breton le trahit. Arrivé depuis peu à Paris, Gérard a l'air désorienté ! Il faut que tu mettes à jour tes repères, mon petit gars, y a pas d'elfes ou d'esprits de la forêt, ici !

— Regardez son col de chemise ! Il a carrément fait des sacrifices !

— Calme-toi, Gérard, c'est juste un clochard, il a dû tomber et se blesser.

Un clochard ? Hum, à choisir, je préfère qu'on me compare au diable, et de loin ! Le clochard s'avilit sur les trottoirs et, quand il possède encore ses dents, quémande des pièces contre un sourire niais. Il est le martyr contemporain, l'idole expiatoire de nos sociétés. Ascète malgré lui, le clochard porte sa croix sous les crachats des nantis, et pour l'Éternité, inexorablement rangé du côté du Bien. À ce titre, il ne m'intéresse pas, car l'artiste s'intéresse au Mal. Qu'on peigne, qu'on écrive ou qu'on compose, c'est le diable qu'il faut contempler, même si la folie nous guette en fin de parcours. Le clochard pourrit bien tôt dans la fosse commune, mais le diable reste un génie intemporel. L'un des policiers se penche vers moi :

— Qu'est-ce que c'est que ce carnet, mon brave ?

— C'est le Livre des morts ! Je suis sûr que c'est le Livre des morts !

— Rhâââ, du calme, Gérard ! Tu te souviens de la formation ? Dans ce genre de circonstances, il faut garder la tête froide !

— Mais j'ai la tête qui brûle ! Y a le diab' juste à côté de moi, nom de Doué !

— Eh ben, essaye de te contrôler… Alors, cher monsieur, votre petit livre, qu'est-ce que c'est ?

Tous me fixent, sauf le Breton qui regarde dans le vide et qui bougonne en boucle dans son coin : « C'est le Livre des morts, je suis sûr que c'est le Livre des morts, j'en suis sûr et certain, c'est le Livre des morts, et ce grignou c'est le diab' ! » Les autres paires d'yeux continuent de m'examiner, comme s'ils commençaient à croire aux délires du timbré :

— Il tire une drôle de tête, ce clochard ! Il n'a pas l'air tranquille !

C'est vraiment une manie ! Je ne fais de mal à personne, on me persécute et vous voudriez que je reste serein ?

— On dirait une antiquité, qu'est-ce que tu fous avec ça ?

Garder la tête froide, garder la tête froide, tu parles. Ils commencent à m'insulter :

— Ça doit valoir une blinde ! Tu l'as volé chez l'antiquaire, c'est ça, espèce de déchet ?

Inutile de leur expliquer qu'il a précisément fait l'inverse, l'antiquaire. Il m'a donné de l'argent pour que je garde mes bouquins ! Mais il est trop tard pour me justifier, je commence à rassembler mes affaires pour m'enfuir avec les Klein, les Koons et mon ancêtre. Mais Gérard le Breton débarque de nulle part pour m'arracher les livres des mains. Je lâche tout sauf le carnet qui l'effraie, je le brandis devant lui puis le plaque contre mon cœur. Pour le reste, je les lui laisse, qu'il crève avec ! J'arrive à m'enfuir avec mon legs. Au moins, j'aurai de l'inspiration en rentrant ! Clochardisez-moi, martyrisez-moi, torturez-moi jusqu'à ce que je rende le meilleur de mon jus, vous me rendrez un fier service, hahaha ! Tandis que je prends mes jambes à mon cou, j'entends au loin le grand chef féliciter sa recrue : « Ça, c'est très bien, Gérard ! Très bonne initiative ! Si tu peux te servir de cette énergie en toi pour passer à l'action, alors, je dis pas… » Gérard baragouine quelque chose. Je crois qu'il s'en veut d'avoir laissé échapper mon carnet.

Recherché par les flics, recherché par la brigade des conformistes et par des policiers fous, je m'engouffre dans le supermarché surpeuplé. Cinquante euros dans les poches, un prolongement non négligeable de mon RSA ! Et j'ai faim, je vais tout dévaliser ! Je vois les grosses mémères pousser leurs cabas et j'ai presque envie de les dévorer. Rayon légumes, je m'en fous, rayon hygiène, je m'en fous complètement, les conserves ont déjà un peu plus d'attrait, et puis j'atterris au rayon viande hachée. Argh, j'ai envie de défoncer le polystyrène sur place, je vais m'enfiler trente steaks d'affilée !

Je parade donc avec dix kilos de viande en direction de la caisse, lorsque je reçois un appel. Je le capte à peine, puisque le supermarché est en sous-sol. La sonnerie chaotique crachote à chaque ligne du carrelage, et je finis par décrocher :

— Allô, allô ? *Brrrvh, brvh…*

— *…'rt ? C'est Ya… Poker…soir… ?*

— Pfff, Yann ? Je t'entends super mal. Je suis au supermarché ! Faudra que je te raconte de ces trucs, tu ne vas pas y croire ! *Brrrvh !*

— *S'tu v'… se trente eur… mon pot'… rrière la gare.*

— Je comprends rien, Yann. Poker, avec mise de trente euros, c'est ça ? Derrière la gare ?

Brrrvh, merde, on dirait bien que j'ai perdu la liaison. Poker à trente euros, poker à trente euros, ça fait un peu cher… La priorité absolue, c'est la viande, et j'imagine déjà la chair rouge entre mes dents, le goût frais et cru, ou brûlé assaisonné. Ça va goûter extra !

Est-ce que je mangerai tout d'un seul coup ? Il me semble que j'en serais largement capable, et pourquoi ne pas aller jusqu'au bout de ses envies ? Après tout, je ne suis pas en collocation, je suis seul isolé dans mes vices, alors pourquoi ne pas m'y adonner ? Je n'ai jamais acheté autant de viande, je ne sais pas ce qui me prend. Mais quand on a faim, il faut bien se rassasier ! La caissière m'annonce trente euros à payer et mon téléphone re-sonne :

— *Brrrvh, alors, trente… ros chez mon p… 'rrière la gare… ça va ? Il me faut ta… 'ponse tout de s'… t-et-une heure trente… Brrrvh.*

Je regarde l'écran d'affichage, je sors le billet et je suis légèrement énervé.

— Heu, okay, est-ce que tu peux m'avancer dix euros ? Je te les rembourse le mois prochain, promis juré !

— *…'fait chier, Bert'… boulot… démerder… 'tain de merde…*

— Ça marche, Yann, rendez-vous tout à l'heure chez ton pote chelou derrière la gare. À tout' !

Je raccroche. La caissière me regarde bizarrement et je ramasse toute la bidoche dans des sacs plastiques. Je me sens comme Jacques l'éventreur.

J'ai regardé derrière moi tout le long du chemin, et puis je suis arrivé à peu près rassuré. J'ai mis toute la viande dans le frigo et c'était très beau. Tous ces morceaux ovales et roses alignés dans leurs rectangles de plastique, j'aurais bien pris une photo. Je pourrais même les peindre, sans me prendre pour Warhol.

Lui n'a jamais essuyé mes foudres. Warhol a eu une infinité de périodes, un petit peu comme Picasso, mais il a accompli ce que Picasso n'a jamais touché du doigt : représenter le mode de vie de l'homme contemporain, de la même manière que Georges de La Tour montrait les repas du dix-septième siècle dans ses natures mortes : lapin crocheté par les pattes, faisan plus vrai que nature et sanglier au groin dégoulinant, tout cela remplacé par la géniale conserve, la soupe à tout jamais. Warhol a saisi l'époque, on ne pourra jamais le lui retirer. Mais c'était il y a un demi-siècle. Moi-même, je ne dénoncerai jamais la consommation, parce que tout le monde l'a déjà fait. L'art engagé n'en est pas, il est paradoxalement mou. Il me faut du cru, de la réalité, capturer une ère sur le vif. La tauromachie industrielle, les tripes qui volent et les cornes qui tombent, quelque chose comme ça. L'art est absolu ou n'est pas, la demi-mesure n'importera jamais. Mais pour l'instant, je lâche les pinceaux et m'adonne à la vie. Je tire sur un couvercle de plastique et sors un steak de son tombeau. Viande échappée des étaux infernaux, quel goût as-tu donc ? Le pire, c'est que c'est tendre.

Tout en mâchant, je laisse tomber l'emballage et j'en saisis un autre. Deux steaks passent entre mes mâchoires, bientôt quatre, cinq, six, sept, dix, quinze, vingt, c'est frénétique et je mastique la chair de plus en plus rapidement, de plus en plus bruyamment, goulûment, les vermisseaux de viande se rebiffent dans la commissure de mes lèvres, je me barbouille de sang et je jubile, m'extasie dans l'orgie, je crois que je n'arrêterai jamais. Mais je m'arrête quand même, parce que j'entends une musique.

Mon téléphone, putain ! J'avale le reste de purée rouge entre mes joues et puis je réponds, oui, oui ?

— *Qu'est-ce que tu fous, connard, on t'attend pour la partie !*

Eh bien, la ligne est moins encombrée qu'au supermarché, quelle fluidité !

— *Woh, tu m'entends, fils de pute ?*

Yann se lâche… Je m'essuie le visage avec mes doigts crochus, des bouts de viande tombent et mes lèvres ensanglantées chuchotent :

— J'avais oublié l'heure, Yann. Excuse-moi, j'arrive dans un quart d'heure.

Et je me précipite, effectivement. Je cours très vite, en quasi-lévitation. Je m'étonne moi-même de la vitesse à laquelle j'arrive à parcourir la ville. J'atterris derrière la gare, le coin le plus mal famé du quartier, comme dans à peu près toutes les villes. Yann m'attend devant l'immeuble avec Wilfried qui aboie, il me montre son poignet comme un hystérique :

— Non mais, t'as vu l'heure ? Les gars bouillonnent, ils vont avoir du mal à se concentrer tellement ils sont énervés !

— C'est tant mieux pour nous, nan ?

— Arrête ton cirque, tu connais Farid.

Tu parles, que je le connais. Farid est le propriétaire des lieux, mais c'est aussi le mafieux incarné, dealeur, voleur et menteur, relâché de prison pour bonne conduite, soi-disant. Et maintenant, les fonds publics financent à la fois son appartement et ses jeux frauduleux, ce taulard s'est organisé un bon petit business ! Il nous accueille avec sa tronche à l'envers :

— C'est trente euros pour rentrer dans le jeu. Tu payes ou tu te casses.

Ça c'est sympa, ça donne vraiment envie ! Dans un coin de la salle, un gars obèse mange son kebab. Je suppose que c'est pour effrayer les mauvais payeurs. Farid est peut-être le roi de l'entourloupe, mais il aurait bien besoin de quelques conseils pour sa com. Je tape Yann du coude et il me refile un billet de dix, accompagné d'une espèce de grognement. Je vois à son regard qu'il n'a pas complètement oublié l'affront de la dernière fois. Peut-être qu'il m'a invité juste pour me plumer ? Je m'assois au milieu de tous les fangeux, drogués, malchanceux, camés et endettés. Farid fait recette à chaque coup. Mais la chance peut basculer ! Il y a un beau petit paquet à ramasser, alors je m'assois sur ma chaise, confiant dans les cartes. C'est une question de balancier ! J'en ai tellement chié ces dernières heures que le vent ne peut que tourner.

Hum, mauvaise main à chaque fois, c'est truqué ou quoi ? Le pire, c'est qu'entre Farid et moi, il y a son frère, Salim l'hystérique. Yann l'a connu à l'armée, et à l'époque, il n'était déjà pas très stable. Très nerveux, Salim a failli étrangler plusieurs recrues, et maintenant il est assis à côté de moi ! À chaque distribution de cartes, il se met à insulter tout le monde façon Gilles de La Tourette. Du coup, tout le monde pense qu'il a un mauvais jeu, alors que c'est tout le contraire. Il amasse, il amasse tout le temps avec son frère de sang Farid, et moi je perds, je perds tout le temps avec mon faux frère Yann qui m'essore pour que je lui redistribue son fric !

Grosse blinde pour moi, et j'ai tout juste le compte. C'est le round de la dernière chance. Je prends mes cartes, j'ai un as et un roi. Directement, je mise mon tapis. Les trois cartes révélées sont un deux, un dix et un valet. Mais la dame ne tombe pas, je n'ai même pas de paire. Pfff, ça y est, rebelote au point de départ, je vais me barricader avec ma grenadine et mes steaks. Mais tandis que je m'apprête à me lever de ma chaise, je vois les dents pointues et diaboliques de Yann qui ricanent parce qu'il m'a évincé. Avec sa lèvre de travers, il me fait carrément penser à un canidé. À force de le fixer, son faciès monstrueux se déforme, je crois bien qu'il se transforme vraiment ! La table s'envole lorsque les aboiements frénétiques WAH WAH WAH surprennent tout le monde, et la bête enragée fond sur le gibier, putain de merde ! Sauf que ce n'est pas Yann, c'est son fichu clébard Wilfried qui s'est détaché, on dirait bien qu'il en a après moi ! Je tourne autour des joueurs avec le chien au cul comme dans un manège des horreurs. Tous les gars m'observent, trop affligés pour rigoler :

— Il a niqué le jeu, on peut même plus compter les jetons !

— Putain de fils de pute d'enculé de babtou ! On va le défoncer !

Au moment où Yann parvient à retenir son chien, Salim décide de prendre le relais. Il me poursuit de ses jambes et de ses injures, ses doigts crochus atteignent mon cou ! Putain, on va te crever, sale fils de pute ! Il serre de plus en plus fort et je me sens sombrer dans l'asphyxie. Alors, dans un mouvement qui me surprend moi-même, je m'extirpe et je mords, un bout de trachée entre les dents. Tout le monde hurle d'effroi, et moi je m'enfuis dans la nuit.

2

> L'image trop sublime donne l'impression de vouloir se dérober à mon approche, se dissoudre dans la brume – comme si elle n'était qu'une hallucination de mes sens.
>
> Gustav MEYRINK,
> *L'Ange à la fenêtre d'Occident*

Je me réveille dans le sang, mais je suis vivant. Je suis chez moi ! Dans mon lit, le carnet de mon arrière-grand-père me sert d'oreiller et d'un seul coup, je vois en gros plan l'esquisse d'un chien dépecé, wargh ! Wilfried, le poker, les racailles, je me demande comment j'ai fait pour m'échapper ! J'ai traversé en pleine nuit le quartier le plus mal famé de la ville. Je m'essuie les yeux, mes mains m'apparaissent rouges et poisseuses, merde ! J'ai recommencé... Après les policiers, il ne me manquait plus que la mafia, il faut que je profite de mes derniers instants de liberté. Ah, si seulement j'avais assez d'argent pour quitter le pays !

Mais non, je vais rester ici, condamné à me planquer comme un ver de terre. Pas d'amis, pas de collègues, pas de copine… Et la famille, j'ose à peine y penser ! Papa, papa, oui, oui, c'est moi. Depuis combien de temps je n'avais pas appelé ? Je ne sais pas, j'étais très occupé. Mais non, Papa, je ne t'appelle pas pour te taper du fric ! J'aurais juste besoin de squatter votre cave, à Maman et à toi. Mais pour rien, trois fois rien, juste une bande de malfrats qui veulent me buter. Une histoire de poker, mais non, je ne jouais pas d'argent ! Pour combien de temps ? Je ne sais pas. Toute la vie, ça irait ?

N'importe quoi. Bon, je crois que je vais rester ici, mettre toutes mes étagères devant la porte d'entrée, puis capturer des oiseaux à ma fenêtre pour bouffer. L'appartement est quand même au sixième étage ! Quand j'en aurai vraiment marre de la viande de pigeons, et, au mieux, de leurs œufs, je pourrai toujours longer la gouttière et vider le frigo des voisins ! Chéri, tu as encore mangé toutes les knackis ? M'emmerde pas, je te dis que c'est pas moi ! Et derrière les murs, les disputes violentes suffiront à mon divertissement de proscrit. Ne plus les voir, ce sera très bien. Je ne rechercherai plus qu'en moi l'inspiration pour peindre. Mon arrière-grand-père, c'est ce qu'il devait faire… J'ai un petit frisson lorsque je pense à lui, son aura semble toujours influer sur ma vie.

J'entends un bruit et je sursaute, comme si une éponge humide venait de tomber par terre. Mais je vois une silhouette dans la pénombre, il y a quelqu'un dans la pièce ! Depuis le début, il me regardait, est-ce que c'est mon ancêtre ? Hé ho, Papi ? L'ombre reste immobile, elle semble imposante. Yann ? Hé ho, Yann, c'est toi ? La silhouette ne bouge toujours pas, elle a l'air… constipée. Ça pourrait vraiment être Yann ! Ou alors, ça pourrait être ce type obèse du poker, qui mangeait son kebab en retrait. D'ailleurs, un morceau de kebab tombe par terre, oh putain, c'est lui !

Je recule de trois pas, mais l'assassin reste impassible. Trop pataud, trop occupé à mâcher comme hier ! Il n'a même pas bougé quand Wilfried me bouffait, aucun mouvement quand je m'enfuyais. Et là, il reste dans l'ombre, je pourrais m'échapper par la fenêtre… Chez les voisins, vous savez. Un autre morceau de kebab tombe par terre, puis encore un autre. Hé, c'est du gâchis, là ! Est-ce qu'il me nargue ? Moi, j'aimerais bien manger ces… Attendez. Je plisse les yeux qui s'habituent à l'obscurité, alors une nouvelle frayeur me fige le cerveau. Ce n'est pas le gorille obèse, et ce n'est pas du kebab ! C'est bien plus terrifiant que ça, cette silhouette n'est pas humaine ! On dirait une esquisse de mon ancêtre, le cadavre torturé d'un de mes tableaux ! C'est un golem de viande, et sa peau part en lambeaux ! Je suis en plein cauchemar, les racailles ont dû m'avoir, on doit me voir m'agiter, inconscient dans mon lit d'hôpital… Ça, c'est dans le meilleur des cas, parce que l'Enfer existe peut-être ! Rester pour l'éternité dans son appartement d'étudiant, confiné à jamais, des créatures démoniaques pour toute compagnie. Au moins, pas le temps de s'ennuyer ! Je me rapproche pour jauger l'immondice, et d'un coup je comprends. J'avance et je vois, oh putain. Je suis vraiment un taré ! Ou alors un génie ?

Une statue de steaks s'érige devant moi, réminiscences de Meyrink. Une boule de gomme crée les golems chez les antiquaires, mais de mon côté, le bouquiniste m'a refoulé. Mais c'est grâce au refoulé qu'on peut créer ! J'ai sûrement sculpté ça, inconsciemment pendant la nuit ! Peintre et sculpteur de génie, comme Max Ernst, comme Giacometti ! C'est troublant, je ne me souviens de rien. J'ai dû rentrer et déballer tous les steaks, malaxer la viande jusqu'à créer cet avatar. Si seulement je pouvais exposer ce chef-d'œuvre, mais je suis en cavale… D'ailleurs, il me vient à l'esprit que Yann détient mon adresse. Si je ne l'ai pas tué avec les autres, ils vont le torturer jusqu'à ce qu'il lâche le morceau ! Ce sera un miracle si les racailles ne débarquent pas dans la journée, parce qu'à mon avis, ce n'est pas mon épouvantail de barbaque qui les fera reculer !

DING DONG ! Wargh, putain de bordel de merde ! La sonnerie ! Les racailles sont arrivées ! Qu'est-ce que je fais ? Je vais me suspendre à la gouttière ! Non, tout le monde va me voir… Il ne faut plus que je bouge, c'est ça, aucun grincement de plancher ! Peut-être qu'ils croiront que je ne suis pas là, que je n'ai pas survécu à cette nuit derrière la gare ! J'attends quelques secondes.

Héhé, je crois que ça marche. Je fixe la porte sans respirer, il ne se passe rien, ils ne daignent même pas resonner ! Haha, je suis trop fort, je crois bien que j'ai gagné !

Sauf que soudainement, un mécanisme s'opère. Mon sang se glace et mes cheveux se dressent : le rectangle métallique de ma foutue boîte aux lettres se soulève, et deux grands yeux noirs me fixent par l'ouverture ! Je crois reconnaître Salim de La Tourette, je vais subir son courroux ! Dans un ultime mouvement de désespéré, j'essaye de me planquer derrière ma statue de steaks. Avec un peu de chance, il croira que je suis accompagné !

— Ah, vous êtes là !

C'est la boîte aux lettres qui parle, et je ne reconnais pas la voix !

— Vous pouvez m'ouvrir, s'il vous plaît ? Il faut que je vous parle, c'est assez urgent !

Le galeriste ! C'est la voix de ce crétin de M. Gautier, bon sang ! Il a été le premier à me retrouver ! Je l'ai mordu au cou, il ne va jamais l'oublier, je suis sûr que tout le GIGN m'attend dans le couloir !

— Qu'est-ce que vous me voulez ?

La boîte aux lettres continue de remuer :

— Je me, hum, je me suis trompé sur votre compte. Il faut qu'on parle business… Ouvrez-moi, s'il vous plaît !

Ce charlatan inventerait n'importe quoi pour m'amadouer, mais ça ne prend pas avec moi ! Il peut se le reprendre, son vieil appât à deux balles. On m'a dit que ce que je peignais était horrible, on m'a dit que ça constituait carrément un préjudice moral, et moi je ne traite pas avec les ignares !

— Allez-vous-en, je ne suis pas intéressé !

— Écoutez. Vous m'avez gravement mordu au cou, mais ça n'a aucune importance. Est-ce que vous m'entendez ? On a tous nos petits moments d'exaspération, je ne vous en tiens pas rigueur. C'est la Sécurité sociale qui a tout pris en charge. Après tout, ce ne sont que trois petits points de suture, haha ! Mais il y a eu du nouveau : je veux absolument acheter votre tableau. Donnez-moi au moins une chance de vous expliquer !

Il serait presque sur le point de me convaincre, ce petit enfoiré. Et s'il ne ment pas, ça peut résoudre pas mal de mes problèmes ! Après tout, qu'est-ce que j'ai à perdre ? Je préfère que le GIGN m'emmène tout de suite en sûreté plutôt que de me faire kidnapper par les petites frappes de la gare. Mieux vaut la prison à vie que la panique à chaque coin de rue, et je me dirige vers la poignée pour affronter mon destin. Derrière la porte, c'est l'homme invisible qui m'attend : le galeriste a la tête recouverte de bandages jusqu'au cou, j'ai presque du mal à le reconnaître. En tout cas, il n'y a personne d'autre dans le couloir. Si ça se trouve, il disait vrai ! Le galeriste s'exclame avec sa tronche de momie enfarinée :

— C'est un plaisir de vous revoir !

— C'est ça, c'est ça, arrêtez vos salades. Vous dites que vous allez acheter ma dernière toile ?

— Et comment ! J'y tiens ! Je la veux en exclusivité !

— Ben ça tombe bien, puisque vous l'avez déjà ! Vous vous souvenez que vous ne me l'avez pas rendue ? Vous m'avez chassé, vous m'avez même menacé lorsque je… hum, lorsque je discutais avec votre secrétaire en privé !

— Oui, et c'est très bien ! Je veux dire, tout s'est merveilleusement bien passé, en réalité ! Il faut croire que les planètes étaient alignées…

— Qu'est-ce que vous radotez ?

— Écoutez-moi. Voilà ce qui s'est passé : l'émissaire d'un très riche client roumain appelé M. Barbec est passé pour voir les, heu, les préparatifs d'une exposition que je mettais en place.

— Vous parlez des conneries de ce fumiste de Delaproy ?

— Heu, oui, à vrai dire je parle de Delaproy.

— L'exposition merdique ?

— Si vous voulez, hem. Mais la question n'est pas là. Figurez-vous que cet émissaire, M. Vacaresco, n'était pas spécialement enthousiasmé lorsque je lui ai fait visiter les lieux. En revanche, lorsqu'il est sorti des toilettes, j'ai vu son visage s'illuminer. C'est là qu'il m'a indiqué votre tableau laissé contre la paroi de la cabine. N'est-ce pas formidable ?

— Vous l'aviez laissé dans les toilettes ?

— Eh bien… oui. Avec tout le respect…

— Remarquez, pourquoi pas ? Des études montrent que c'est aux toilettes qu'on se montre le plus attentif. C'est là que le cerveau est le moins sollicité, et on y est donc amené à penser plus sereinement. Mes tableaux ont toute leur place dans un endroit où on réfléchit ! Ras-le-bol des réactions pavloviennes, même si l'art est avant tout une affaire d'émotion.

Ce n'est pas l'émotion que je condamne, c'est le jugement moral après-coup !

— Vous savez, on l'a sorti des toilettes, maintenant ! M. Vacaresco désire ce tableau pour la collection personnelle de M. Barbec. Évidemment, il en offre un très bon prix !

Je le vois venir, cet enculé de galeriste. Il croit qu'il va pouvoir m'entuber ? Je ne me contenterai pas d'un intermédiaire, je veux pouvoir négocier. Je ne suis peut-être pas encore rodé, mais je sais comment ça marche ! Je veux causer directement avec l'acheteur, et cet escroc qui n'a jamais cru en moi n'aura rien !

— Ah ouais ? Alors pourquoi est-ce que vous ne l'avez pas ramené ? Où est-ce qu'il est, ce fameux émissaire roumain, hein ? Et mon tableau, où est-ce que vous l'avez mis ?

— Je le garde en sûreté, le temps que la transaction…

— Ta ta ta. Écoutez-moi bien, face de Toutankhamon. Vous avez refusé ma toile au moment où je vous l'ai amenée, maintenant je vais me passer de vos services. Donnez-moi sur-le-champ les coordonnées de M. Vacaresco, et restituez-moi mon œuvre ou je vous fais un procès pour vol et recel !

— Si je puis me permettre, ce ne serait pas très malin de votre part !

— Pourquoi est-ce que vous parlez au conditionnel ? C'*est* malin parce que *c'est* ma propriété intellectuelle, et ça, vous n'y pourrez jamais rien, hahaha ! On a signé des papiers ? Pas que je sache. Aussi, ma toile n'a aucune raison de se trouver dans votre galerie actuellement, et je pense bien que je vais appeler la police !

— M. Barbec a la particularité de n'acheter qu'une œuvre par artiste. C'est ainsi qu'il entend décorer son château de Transylvanie.

— Ah ?

— Oui. J'ajoute que c'est un dilettante qui met le prix pour son plaisir personnel, mais qu'il n'a aucune vocation à lancer quelque artiste que ce soit. Ce serait plutôt le contraire ! Il maintient tous ses tableaux cachés dans une aile particulière de son palais, où lui seul peut en profiter. Autrement dit, personne ne saura jamais qu'il vous a acheté une toile. En rester là vous plongerait irrémédiablement dans l'oubli.

Putain de merde... Ne pas se laisser décontenancer...

— Okay, où est-ce que vous voulez en venir ?

— Voilà. Votre art me rebute, je crois que cela ne vous aura pas échappé. Mais j'essaye de me projeter un minimum, c'est indispensable dans ce métier, et on dirait que vous avez précisément mis le doigt sur ce qui peut plaire à des mécènes qui ont beaucoup d'argent. J'ai eu un choc lorsque ce M. Vacaresco est tombé à genoux devant votre œuvre. Si vous avez d'autres toiles en stock, et je crois me souvenir que vous en avez beaucoup, peut-être pourrions-nous organiser une exposition...

Quel faux cul ! Même si ça ne le touche pas, même si l'œuvre lui fait horreur, ce crétin court là où il sent l'argent ! Seulement, il est tombé sur le mauvais pigeon. J'ai des convictions, moi,

Messieurs Mesdames, et ça va être plutôt jubilatoire de renvoyer ce faiseur dans ses pénates !

— C'est non.

— Comment ? Qu'est-ce qui est non ?

— Votre exposition, vous pouvez vous la carrer dans le cul, je ne marche pas avec vous. Je suis un artiste authentique, vous avez vu où j'habite ? Je travaille à mon œuvre tout le temps, sans revenus, parce que j'y crois. Ce n'est pas pour me faire récupérer par le premier venu ! Je crois que j'ai tout dit, vous pouvez foutre le camp. Renvoyez-moi ma toile en recommandé par la poste, et ce monsieur roumain viendra la chercher lui-même s'il la désire vraiment. Je ne suis pas de ceux qu'on achète en un claquement de doigts ! Je vous souhaite une bonne soirée !

Et je rajoute « gros tas de merde » dans ma tête.

— Soyez raisonnable, cher Monsieur.

— C'est parce que je suis raisonnable que je coupe directement les ponts avec vous, tête de rat ! Vous êtes de la vermine, vous êtes comme les cafards ! On veut se débarrasser de vous, mais vous êtes toujours là, tapi dans un coin avec vos antennes horribles. Allez au diable, vous séquestrez le talent, vous ne savez rien faire d'autre !

— Vous savez que je peux toujours déposer une plainte au commissariat le plus proche ?

Gasp, qu'est-ce qu'il entend par là ? Je fais le malin depuis tout à l'heure avec la police, mais police = enquête = j'ai égorgé plusieurs personnes = je suis mal barré !

— Le commissariat ? Pourquoi le commissariat ?

— Vous avez vu ma tête ? J'ai tous les papiers médicaux qui indiquent qu'on m'a mordu au cou, et croyez bien que c'est tout sauf anodin ! J'ai déjà discuté de cela avec mon avocat, il y en a pour plusieurs milliers d'euros de dommages et intérêts. Généreusement, je vous ai proposé d'oublier tout cela pour faire affaire avec moi, mais vous semblez manquer cruellement de jugeote. C'est entendu, je m'en vais de ce pas, mais vous entendrez très vite reparler de moi !

Et il s'en va vraiment, le cou dressé comme un sparadrap géant !

— Attendez, attendez !

— Mmh ?

— Je… réfléchis à ce que vous venez de me dire. Laissez-moi réfléchir deux secondes. Bon, j'accepte le… truc de la galerie. Ça commencera quand ?

— Très bien, je savais que vous étiez raisonnable. Cela peut se faire dès que l'exposition Delaproy sera levée, vous pouvez…

— Attendez… Vous voulez dire que vous n'avez pas déprogrammé cet imposteur ? J'ai à peine regardé ses productions, mais vous ne pouvez décemment pas me demander de passer après ce crétin !

— J'ai un contrat avec lui, je me suis engagé…

— Non, non, écoutez…

— C'est de vous, ça aussi ?

— Hein ?

— La sculpture, juste là. Ça ne sent pas très bon, vous savez ? On dirait de la viande en putréfaction… Est-ce que vous l'avez déjà vendue ?

— Pfff, arrêtez, j'ai fait ça la nuit dernière, mais…

— Combien vous me la cédez ?

— Est-ce que vous êtes sérieux ?

— Il faudrait mettre le vernis approprié pour le solidifier, mais je vois là une œuvre prête à plaire au grand public. Combien vous en voulez ?

— La vraie question, c'est : combien est-ce que M. Barbec paye pour ma toile ?

— Vous êtes un petit malin, vous !

— J'essaye de faire mon trou dans le métier…

— Accrochez-vous, si vous n'êtes pas habitué !

— Combien ?

— Barbec vous en donne douze mille euros, mais vous pouvez toujours négocier !

Je fais tout pour garder mon calme. Négocier douze mille euros ? Qu'est-ce qui peut bien passer par le cerveau de ce crétin de nanti ? Sait-il seulement à combien s'élève mon RSA, et dans quel genre de conditions je survis ? Mais ça semble trop beau pour être vrai…

— Et votre commission ?

— Rien.

— Comment ça, rien ?

— Rien du tout !

— Vous êtes sérieux ? Douze mille euros dans ma poche, et vous acceptez de ne rien percevoir en tant qu'intermédiaire ?

— Évidemment, mais il y a une condition : que vous acceptiez mon projet d'exposition, après celle de Delaproy… Et puis que vous me cédiez votre sculpture, là.

— Les steaks ?

— Oui, « Les Steaks ». J'aime ce nom. Je vous la prends pour douze mille euros également.

— Hé, c'est le prix de ma première œuvre, ma cote n'est pas censée grimper ?

— C'est à prendre ou à laisser. Où sont vos autres toiles ?

— Mmh, entrez.

Je n'ai qu'à tendre le bras pour enlever les bâches et mettre à nu toute mon œuvre. Devant nous s'amoncelle la grand-messe des horreurs fictives, l'Enfer de Dante puissance mille, une charogne baudelairienne passée au microscope. M. Gautier ne sait plus où donner de la tête ! Celle-ci conviendra, celle-ci conviendra, et celle-ci conviendra. Oh, et celle-ci conviendra ! Discrètement, je planque le manuscrit de mon arrière-grand-père derrière une étagère, parce que quand même, j'aimerais l'étudier un peu plus. Chaque toile devient une marchandise, ma perspective d'avenir fait bouillonner le vit du galeriste ! L'ensemble de mes toiles sera mis à contribution, même les brouillons, même les résidus de mon frigo, tout y passera. Et d'après ce qu'il me dit, on va se faire un sacré pognon ! Est-ce que ma chance tourne enfin ? J'espère que ces nouveaux paramètres ne vont pas corrompre ma manière de créer, sinon je n'aurai plus qu'à me suicider. Pour l'instant, je m'estime satisfait, même si je ne passerai jamais qu'après Delaproy.

M. Gautier est reparti après avoir appelé son personnel. Ils ont embarqué tous mes tableaux, ainsi que ma sculpture dans une cage de verre. J'erre dans mon appartement vide, un chèque de plusieurs milliers d'euros au creux de mes doigts, alors je me remets en question. Soit je patiente jusqu'à l'exposition pour vivre enfin la reconnaissance tant attendue, soit je profite de cette manne inespérée pour m'enfuir en Australie, et optionnellement échapper à tous mes problèmes en sursis. Mmh, le choix s'avère pour le moins difficile. J'ai l'impression de prostituer mon art à ceux qui n'y connaissent rien, mais c'est peut-être le début de l'autonomie pour moi, et donc le départ du vrai art ! Je peux au moins patienter jusqu'à ce soir, après j'aviserai. Ce sera le vernissage de Delaproy... J'irai voir comment ça se passe, et puis je mettrai mon grain de sel. On verra jusqu'à quel point M. Gautier veut me sponsoriser. Quand même, j'aimerais me rassurer. Ce serait dommage qu'au moment où le vent tourne, mes casseroles s'accrochent et m'empêchent d'avancer. Pour me rassurer, j'appelle Yann. Forcément, il met du temps à décrocher. Enfin je l'entends, mais il paraît essoufflé. Est-ce qu'il est en train de s'enfuir ?

— Allô, Yann ? Est-ce que ça va ?

— *Ffffh, fffh...*

— Yann ?

— Mmh ?

— Tout va bien, Yann ? Pourquoi tu respires aussi fort, t'es en train de courir ?

— *Khôf, khôf, khôf !*

Il tousse, on dirait qu'il s'épuise ! Ils vont l'avoir !

— Tiens le coup, Yann ! Rentre dans un commerce, ça devrait les stopper !

— Mais qu'est-ce que tu racontes, abruti ? Laisse-moi le temps de répondre, je prenais juste une taffe !

— Une taffe ? Une taffe de quoi ?

— Une taffe du bon chichon à Farid, calme-toi !

— Wargh ! T'es encore là-bas ?

— Bah ouais !

Le billet pour l'Australie se concrétise un peu plus, c'est le moins qu'on puisse dire !

— Tu... Tu fraternises avec l'ennemi ? Est-ce que tu leur as dit où j'habitais ?

— Pas la peine. C'est toi qui vas revenir !

— C'est ça ! Pour que Salim se venge parce que je l'ai mordu ? Vous me poussez à bout, pas étonnant que je devienne fou ! C'était un accident ! Vous croyiez pouvoir m'avoir, hein ? Pas de bol, les mecs ! Je pars directos pour l'Australie, dès aujourd'hui, qu'est-ce que vous dites de ça ? Le galeriste a acheté toutes mes toiles, je suis blindé ! Alors, gros porc, tu te fous toujours de ma gueule, maintenant ? Tu me prends toujours pour un artiste raté ?

— Bert', arrête ton cirque. Et puis, arrête de m'insulter, merde ! Qu'est-ce qui te prend ?

— Toi, arrête de me narguer !

— Tu ne comprends pas, Bert'. Salim est viré, tu vas le remplacer ! Tu crois vraiment qu'après s'être fait défoncer comme ça, Farid allait le garder comme bras droit ? Il veut quelqu'un de super fort, comme toi !

— Tu me fais marcher ?

— Mais noooonn, Bert' ! Arrête ta parano !

— Sans déconner, Yann, j'en ai rien à battre de

devenir le bras droit de Farid ! Tu as entendu ce que je t'ai dit ? Mon œuvre est enfin mise en lumière, je vais être exposé en galerie ! Le gars m'a déjà tout acheté, je suis reconnu comme un vrai artiste, ce n'est pas pour devenir une petite frappe des quartiers !

— Euh, Bert', je te signale que tu n'as pas tellement le choix ! Tu sais comment ils sont, ici...

— Parce que ce n'est pas à moi de décider, peut-être ? On est où, là, dans une secte ? Vous n'avez qu'à rappeler Salim, je ne serai pas jaloux ! Du bon temps m'attend, au cas où tu n'aurais pas compris. La grande vie d'artiste que je mérite va enfin commencer !

— Salim est parti, Bert'. Je crois qu'il n'est pas près de revenir.

— Tu veux dire... qu'il court toujours ?

— Ah, çà pour courir, il court ! Il n'avait pas l'air très content de se faire évincer, figure-toi. Mais c'est la loi du milieu. Hé, attends, y a Farid qui veut te parler !

— *Allô, le babtou... ?*

Je raccroche directement. Je lui en foutrais, du babtou ! Putain de racailles. Qu'ils veuillent me tuer ou qu'ils veuillent m'intégrer, je ne sais vraiment pas ce que je préfère. Il faut que je déménage... Rester ici équivaudrait à pisser sur un doberman, ils vont me rechercher dans toute la ville ! Mais si je m'offre un beau petit appartement dans un immeuble pour riches ultra-riches hypersécurisé, qu'est-ce qui pourra m'arriver ? C'est ça, je vais tous les baiser ! Dès ce soir, je demande une avance à M. Gautier pour l'exposition et je me paye un hôtel de luxe, histoire de prospecter. En attendant, hop, je me remets au boulot. Une petite toile supplémentaire ne peut pas me faire de mal, ça peut même me rapporter quelques douze mille billets supplémentaires, héhéhé !

Mon portable vibre. Texto. Un numéro que je ne connais pas :

« *D'où tu ma rakroché au né le babtou. Viens on arrive chez toi fys de putte.* »

Okay, je crois que finalement, je vais partir maintenant. Pourvu que M. Gautier soit compréhensif ! Juste une liasse de liquide, il ne va quand même pas me refuser ça ! Et s'il fait son salaud et qu'il me demande une contrepartie supplémentaire, eh bien… Je regarde en direction de l'étagère, celle où j'ai planqué le carnet de mon arrière-grand-père. Non, je ne peux quand même pas faire ça ! Allez, vite, je n'ai plus beaucoup de temps.

Je sors une toile neuve, mes pinceaux et mes tubes de peinture. Je vais accomplir l'œuvre picturale la plus rapide du siècle ! Gros contour de trois silhouettes au pinceau noir, trois casquettes s'érigent sur des visages ébène. Chaque protagoniste porte une arme au creux des doigts, un cutter, un couteau et un joint. Le joint est une arme contre soi-même. L'une des silhouettes apparaît bien plus grosse que les autres, je lui rajoute un kebab dans l'autre main. Et puis les éléments se déchaînent autour d'eux, une bouillasse qui pourrait être une tempête, un cyclone ou le souffle de Dieu. Du diable. Et partout sur le sol, du rouge, beaucoup de rouge, du sang partout et un cadavre putréfié, wargh ! J'espère que cette scène n'est pas prémonitoire. Il faut que j'arrête la création automatique, je m'effraye moi-même. Allez, ma nouvelle toile sous le bras, je repars.

Je le savais déjà, mais les vernissages attirent vraiment la pire fange des bourgeois bohèmes. L'exposition commence à peine, mais on ne peut déjà plus respirer ! Il y a vraiment trop de monde, ils n'ont rien d'autre à faire ? Surtout pour les toiles exposées, non mais je rêve ! Des monochromes, des polygones, des traits. Cet artiste s'est cru en URSS ou quoi ? On dirait du El Lissitzky en plus laid. Tout le monde s'extasie, observe, commente, pfff, comme si c'était difficile à analyser ! Le charlatan a pris une règle, une bombe de peinture et il a tracé tous ces foutus traits ! Un singe pourrait le faire, tandis que ce que j'ai sous le bras… Même en cinq minutes chrono, je devance Delaproy de plusieurs décennies ! Allez comprendre ce que j'ai voulu exprimer, moi, essayez donc de rentrer dans le subconscient humain ! Bon, d'accord, vu les circonstances, ce n'est pas ma toile la plus hermétique, mais regardez tout le reste ! D'ailleurs, il est où, tout le reste ? Il faut que je trouve M. Gautier, j'espère que mon œuvre inestimable se trouve bien en sûreté. Il ne manquerait plus qu'un de ces dégénérés la défigure au champagne !

Je le cherche, mais je ne le trouve pas. Quel branleur, ce n'est pas lui qui est censé superviser ? Je ne vois que des connards à lunettes et des connasses à jupes longues, je nage en plein cauchemar aseptisé. Ils se ressemblent tous ! Et ces foutues salopettes à la mode… Attendez, ces visages qui me dévisagent, là, ce ne serait pas ? Oh putain ! Ce pansement sur le cou ! Et juste à côté, la gothique complètement absorbée par le sous-Malevitch, ce sont les bobos de l'As de pique, argh ! Quel manque de bol, ils vont me dénoncer ! Peut-être même que Mario a déjà déposé plainte, il a la ligne directe de l'inspecteur de police et il ne va pas se gêner pour composer le numéro ! Même pas le temps de glisser le mien dans la poche de la fille, les Mario Bros se concertent, et moi je m'enfuis !

Finalement, la foule me va très bien ! Je m'engouffre entre les aliénés, je sais où je peux me réfugier. Mes venues précédentes n'auront pas été inutiles, bien qu'infructueuses : j'ai l'avantage de connaître les lieux. Direction l'arrière-salle, là où il y a les toilettes où il fait bon se planquer. J'ouvre discrètement la porte et la referme derrière moi. Là, une scène de plus me sort de mes gonds : j'ai enfin retrouvé M. Gautier et sa tête de momie, mais il n'est pas seul ! Sa secrétaire Anaïs lui tient compagnie, et elle aussi porte un bandage au travers de la face. C'est la réunion des gueules cassées anonymes, ce doit être à cause de l'accident de la dernière fois… Anaïs se relève et M. Gautier se dépêche de remettre son pantalon. Pris sur le fait, il m'invective :

— Qu'est-ce que vous fichez là ?

— Beuh, c'est vous, qu'est-ce que vous fichez là ? L'exposition est commencée, je vous signale !

— Oui, oui, je sais. Anaïs et moi nous avons toujours notre, heu, notre petit rituel prévernissage. Vous êtes gonflé de venir ici sans y être convié !

La secrétaire m'envoie des éclairs de son œil découvert. Elle a la mémoire courte ! Il faudrait lui rappeler qu'elle se montrait plutôt partante pour un « petit rituel » avec moi ! Bon, je sens que ce n'est pas le moment de la ramener, surtout si je veux mon fric !

— En fait, monsieur Gautier, je vous cherchais. J'aurais un petit service à vous demander !

— Un service ? Je ne suis pas homme à rendre des services, vous devriez le savoir !

— D'accord. En réalité, je m'en doutais. C'est la raison pour laquelle je vous amène un tableau supplémentaire !

— Comment ? Vous me l'aviez caché ?

— Il est hideux !

C'est l'écervelée à grande bouche qui vient de commenter. Si elle croit que je me soucie de son avis…

— Nooooon, je ne l'avais pas caché, je viens de le peindre. Bon sang, vous pourriez quand même apprécier le geste !

— On va s'en tenir aux œuvres que j'ai acquises, sinon ça va être compliqué. J'ai déjà préparé le catalogue.

Merde…

— Ah. Heu, bon, d'accord.

Je vois Anaïs qui sourit. Elle rigolera moins quand un riche mécène m'achètera cette toile pour un million.

— Aucun problème, M. Gautier, mais je me demandais juste, heu… Par rapport à l'exposition, justement, est-ce que vous pourriez me donner une petite avance sur les prochaines ventes ? Je veux dire, une petite avance en liquide, j'en aurais besoin dès ce soir. Ce serait comme un à-valoir, vous voyez ?

— Non.

— Non ?

— Je ne pratique jamais d'à-valoir. On ne sait jamais si les toiles seront vendues, c'est un risque que je ne veux pas prendre.

— Mais évidemment, qu'elles vont se vendre ! Là, vraiment, vous me vexez.

— Désolé, mais il n'en est pas question.

Putain de bordel de saloperie de merde de galeriste de vendu de mes couilles ! Comment je vais faire, moi ? Je ne peux quand même pas dormir dans mon appartement, je me ferais assassiner ! Et je ne peux pas non plus dire la vérité à ce patron voyou, il flipperait et il annulerait mon vernissage. Non, non, il ne faut pas qu'il le sache, jamais !

— Bon, allons-y.

Super, il ne tient pas à terminer son tour de manège, mais moi je n'ai pas tellement envie de retourner de l'autre côté ! Les Mario Bobos sont à ma recherche, ils vont me faire embarquer par les flics ! Je rejoins la foire aux vanités avec le couple H. G. Vêle, mais je m'apprête surtout à m'élancer le plus rapidement possible vers la sortie. Seulement, je n'en ai pas le temps ! Parmi tous les uniformes chics et les robes de cruches, trois joggings me font face. Les racailles m'ont retrouvé ! Un aboiement et je tourne la tête, c'est Wilfried qui m'a reconnu ! Yann le tient de toutes ses forces au bout de sa laisse. Comment est-ce que je vais me tirer de ce mauvais pas ? Pour l'instant, je décide de sourire comme un débile :

— Salut les mecs, héhé, qu'est-ce que vous faites là ?

— On est venus pour te voir, Bert'. T'étais pas chez toi, et comme t'avais parlé de la galerie…

— Hum, hum…

J'empêche Anaïs et M. Gautier de passer. Tant pis, place au bluff, je noierai le poisson jusqu'à ce qu'il n'ait plus de branchies !

— M. Gautier, je vous présente des amis à moi…

— Des *associés*, le babtou. Crois-moi bien, maintenant on est des *associés* !

Farid a un énorme bandage dans le cou, on dirait un keffieh. Ça dénote vraiment avec les salopettes de Mario, tous les regards sont braqués sur notre petite réunion.

— Hé, Farid, regarde ça !

M. Kebab me pointe du doigt. Non, c'est mon tableau qu'il pointe du doigt, et les trois abrutis le fixent comme s'ils regardaient un miroir. Farid n'a pas l'air supercontent de son portrait, ses yeux font des allers-retours entre la toile et mon visage. Son poing tremble, on dirait qu'il veut me défoncer ! Mais j'ai rien fait, ce n'est qu'une œuvre d'art ! Tout à coup, un quatrième visage se faufile parmi les joggings. Un autre homme invisible, c'est le Mario momifié ! Il me dévisage comme pour vérifier que c'est bien moi, puis ses yeux étonnés se posent sur ses clones, Gautier et Farid. Les trois victimes de mes crises sont réunies en un même endroit, ils pourraient monter un numéro de cirque ! Non, Farid sort un cutter de sa poche. Je lâche mon œuvre et m'enfuis, je pousse tout le monde. Dans le lot des bobos qui basculent comme des quilles, je reconnais Delaproy qui me lance un regard ahuri. Mais ce n'est pas tout, je fais tomber un à un tous ses tableaux qui éclatent sur le sol. Désolé, pas fait exprès ! La nappe du buffet aussi se retrouve au creux de mes doigts, tous les petits fours s'envolent et je me retrouve avec une bouteille de champagne dans les mains. Après tout, peut-être que c'est bon signe ?

À nouveau, je cours comme un dératé, mais pas bien loin. Un kilomètre, c'est peu quand on a tout le monde au cul ! D'un seul coup, une main se pose sur mon épaule et me presse, ça me déséquilibre et m'oblige à m'arrêter, argh ! C'est la momie de Ramsès Farid III, et elle a toujours son cutter ! Les deux autres gros arrivent au loin avec le chien, évidemment ils ne peuvent pas s'aligner. Quand je pense que Yann est censé être un pote, tous les coups qu'il m'a payés ne rattraperont jamais cette piscine de merde dans laquelle il me plonge !

— À quoi tu joues, le babtou ?

— Et toi, à quoi tu joues, Farid ?

Heu, ce n'est pas moi, c'était une autre voix ! Je me retourne et d'autres racailles arrivent, je ne m'en sortirai jamais ! Wilfried grogne, mais Farid grogne encore plus.

— Steven, tu dégages, c'est pas tes affaires !

— Peut-être que ce serait pas mes affaires si tu me

réglais les trois cents balles que tu me dois, espèce d'enculé !

Et voilà, encore des histoires de dettes. Le prolétariat d'aujourd'hui ne parle que de fric, c'est quand même bizarre ! Mais c'est peut-être ma chance : je vais profiter de cette diversion pour exploser la bouteille de champagne dans la tronche de Farid !

— Pose cette bouteille de champagne, Bert' !

Oh putain, Yann me connaît trop bien ! Trop de forces contraires contre moi, j'abandonne. Je dépose mon arme sur le sol et le gang de Steven arrive à notre niveau. Farid paraît en mener beaucoup moins large, d'un coup.

— Écoute, mec, je suis en train de régler un problème avec le babtou. Je t'envoie une enveloppe dans une semaine.

— C'est l'enveloppe que j'attends depuis quatre mois ? Tu parles bien de cette enveloppe-là, Farid ?

— Ouais ben... Justement, c'est le babtou qui a le fric, alors laisse-moi d'abord m'occuper de lui !

Menteur ! Je suis le paillasson de tout le monde, j'en ai marre !

— Et c'est aussi lui qui t'a mis dans cet état ? C'est quoi ce pansement, on dirait que tu t'es fait attaquer à la perceuse !

Wilfried se met à grogner contre moi. Tout le monde le regarde parce que Yann a du mal à le retenir au bout de sa laisse. Le chien écume, chacun de ses aboiements rauques projette un filet de bave, il a une crise de rage ou quoi ?

— C'est quoi le problème avec le chien ?

Je crois que c'est mon subconscient qui prend le contrôle, il m'indique qu'il faut sauter sur ce moment d'inattention générale. Ma main agrippe le cou de Farid et ma mâchoire se projette sur le visage de Steven. Ma paume se crispe et mes dents se serrent. Le coin de mon œil voit M. Kebab qui tente de sauver son compagnon, alors mes jambes me projettent dans les airs et j'atterris sur ses épaules, j'étrangle son cou de mutant. La bande de Steven hésite, les plus courageux essayent de m'attaquer, mais j'évite tous les coups et je les égorge en retour. Les survivants courent le plus vite possible en criant que je suis le Sheitan. Seuls restent Yann et Wilfried, le chien s'est couché maintenant, et il couine, l'échine baissée. Yann reste figé, il n'a pas l'air de croire à ce qu'il vient de voir. Dans son regard, il me semble percevoir une larme d'émotion. Je ramasse la bouteille de champagne, celle avec laquelle j'aurais pu éviter ce carnage. Yann ne me fait faire que des conneries. On dirait qu'il s'apprête à me dire quelque chose, mais je ne vais pas attendre qu'il sorte de sa léthargie. De son ravissement ? Je m'en fous. Je m'enfuis.

Je suis tellement dans la merde... Perdu pour perdu, je bois le champagne au goulot. Je reste planqué dans l'ombre d'une ruelle en cul-de-sac, parce que ma vie n'est rien d'autre qu'un cul-de-sac. Mort, je suis mort ! Tous les services secrets vont me traquer, en France et même partout dans le monde ! Je n'ai plus qu'à m'exiler dans les égouts pour toujours, et puis manger des algues. Sans lumière et sans espace, ma peau et mon squelette vont se transformer, je deviendrai un monstre. Qu'est-ce que ça changera ? Pourquoi je tue des gens avec tant de sauvagerie ? Pourquoi je tue des gens tout court ? D'accord, j'étais en situation de danger, mais ces mouvements n'étaient pas les miens. Comme si un marionnettiste maléfique manipulait mon corps… Je crois bien que j'ai foutu en l'air tous mes vêtements, pas un qui ne soit pas recouvert de sang ! C'est dingue, on se serait cru dans mes tableaux, est-ce que je deviens fou après m'être trop investi dans mon art ? J'étais trop immergé dans la fiction, mon cerveau a dû surchauffer… Je finis d'un trait la bouteille de champagne et l'explose contre le mur. Alors, les débris me tombent dans la tronche et me font mal. C'est sûr, je ne rêve pas…

À moitié soûl, à moitié incrédule et désespéré, je ne me vois pas d'activité plus intelligente que de frapper dans le mur. Seulement, quelque chose se passe. Mes mains s'enfoncent dans la pierre, aussi facilement que dans les derniers cadavres. Ça alors… Si je veux, je peux grimper tout en haut de cet immeuble, sculpter moi-même mes prises d'escalade à même les briques. Je m'y attelle et me retrouve bientôt tout en haut de l'immeuble. Je m'aperçois qu'une échelle de secours se trouvait là, je ne l'avais même pas remarquée dans le noir. Maintenant, je vois la ville illuminée et je me dis que c'est quand même bien dommage. Avec l'argent de mes toiles, j'aurais pu me payer une vue dans ce genre, une belle petite terrasse. Mais maintenant, tout est foutu. Si M. Gautier avait juste bien voulu m'avancer, j'aurais pu éviter tout ça, m'éclipser discrètement au lieu de m'adonner à cette tuerie de masse. Je suis foutu, et ces nouvelles compétences en escalade ne suffiront vraiment pas à me réconforter.

Je décide de redescendre, me penche dans le vide et agrippe à nouveau la verticalité. Haha, je me balade sur les parois comme un lézard ! Hé, qu'est-ce que je vois en bas ? La petite bobo gothique, celle qui se baladait avec les Mario ! Mais les Mario sont retournés dans les tuyaux, la petite rentre seule ! C'est quand même très curieux ! Ils ne lui ont pas dit que le taré allait la retrouver, qu'elle risquait de se faire égorger à son tour ? Allons, allons, elle ne risque rien, je sais quand même me contrôler ! Je vais seulement la courtiser, me suspendre tête en bas pour l'impressionner, alors nous aurons droit à une scène romantique comme dans *Spiderman* ! Je descends un peu plus bas et lorsqu'elle arrive à mon niveau, je sors de l'ombre et la salue.

Problème : elle ne s'y attendait pas, forcément ! Alors, elle pousse un cri horriblement strident, et c'est la catastrophe. Ma main part plus vite que ma pensée… Toujours sur mon mur, une pluie de sang m'éclabousse depuis mon bras tendu. Le corps sexy s'effondre et le cri diminue au fur et à mesure que sa tête achève son parcours dans les airs. Merde, ce n'était absolument pas ce que je voulais ! Marre de la malédiction… Je fixe mes doigts rouges et m'apprête presque à pleurer, lorsque j'entends un bruit suspect. Mes yeux humides sondent les ténèbres et je vois les Mario Bros qui courent le plus vite possible pour échapper à mon courroux. Ils étaient donc là ! Est-ce qu'ils se sont servis d'elle en guise d'appât ? Pauvres fous, vous êtes contents ? Êtes-vous satisfaits du spectacle, maintenant ? Je les entends crier, oh mon Dieu, oh mon Dieu ! Mais Dieu est parti très loin, quelque chose d'autre s'est emparé de la réalité. Je les laisse s'enfuir, complètement blasé.

À côté du corps sans tête de la gothique gît un sac à main. J'y trouve plusieurs clés d'appartements, ainsi qu'une bonne dizaine de cartes de visite. Les cartons défilent entre mes doigts, et je tombe sur celui de M. Gautier ! Haha, cette petite a fait le plein de réseau à la galerie, quel avilissement ! Est-ce qu'elle comptait vraiment contacter le gros Gautier ? Peut-être qu'elle aussi se prenait pour une artiste… Je mets la carte dans ma poche et décide de partir. Je vais rester sur les murs et vérifier la sûreté de mon appartement. Par la vitre, je verrai bien si je peux y dormir ou si les racailles ont investi les lieux.

Je longe les briques et bondis d'une paroi à l'autre, je me déplace plus vite que jamais. En quelques minutes, un ultime saut propulse mes doigts sur le rebord de la fenêtre. Ça a l'air calme à l'intérieur… Je rentre, toujours sur mes gardes, et la surprise tombe lorsque j'appuie sur l'interrupteur. Ils ont tout saccagé, mon appartement n'est plus qu'un champ de ruines ! Le mobilier explosé, ma literie écorchée, et des centaines de débris jonchent le sol. Heureusement, parmi les décombres, je reconnais le carnet ! Le legs de mon arrière-grand-père s'avère sauf, et c'est tout ce qu'il me reste.

Enfin, presque tout. Puisque cet escroc de M. Gautier

ne m'a pas payé, les toiles qu'il a transférées chez lui m'appartiennent toujours ! J'aurai deux mots à lui dire entre deux crapahutages de toits. Je sors par la fenêtre et je sais que je ne reviendrai plus jamais. Pas la peine de faire le ménage, mes chemises pleines de sang coupable parsèment les vestiges de ma vie passée. Une vie complètement dédiée à l'art, une vie de clochard, et il me semble que j'entrevois d'autres possibilités. Le carnet contre mon cœur, je cours à la verticale sur les murs de briques, ça me semble presque naturel maintenant.

Je vérifie sur la carte de visite : je me trouve sur le bon immeuble. Je vois bientôt le vaste dos de M. Gautier derrière la vitre, car ce gros plein de soupe est en bonne compagnie dans son lit ! Alors, je me glisse par la fenêtre entrouverte et j'entends le souffle saccadé du vieux sanglier en plein coït. Mais la surprise ne s'arrête pas là : je reconnais également les petits gémissements d'Anaïs ! Quelle indignité, supporter ce ringard en dehors de ses heures de travail ! Elle n'a aucune excuse, et je m'apprête à la sermonner. J'avance dans le noir et m'approche du sommier qui craque. Quand Anaïs hurle, Gautier s'active encore plus, croyant avoir trouvé la bonne technique. Mais elle se débat et le galeriste se rend compte de ma présence.

— Bonsoir, M. Gautier, vous allez bien ?

— Qu'est-ce que vous fichez là ? Vous avez ruiné mon vernissage, et vous revenez encore me harceler chez moi ? Comment êtes-vous entré ? Je vais appeler la police !

— Calmez-vous, M. Gautier. Je vous rappelle que nous sommes liés par contrat. Or, des vicissitudes récentes me contraignent à revenir au-devant de vous un peu plus tôt que prévu. Il va falloir consentir à me payer maintenant, sinon je ne réponds plus de rien !

— Ah, mais en plus, vous me menacez ?

Il se lève, puis saisit sa lampe de chevet pour la faire tournoyer comme une fronde :

— Allez au diable, vous et vos tableaux ! Il n'y a plus de contrat, je vais tout brûler ! Et puis je vous ferai enfermer ! Vous avez saccagé ma galerie, et maintenant vous violez mon intimité ? Votre compte est bon, mon petit gars !

Je regarde Anaïs, puis je regarde l'assaillant. Tout se met en place dans ma tête, puis tout se met en place pour de vrai. J'imagine M. Gautier les yeux vides dans ses orbites, le cou tranché sous son visage sanglant, alors une seconde plus tard, mes mains traversent sa jugulaire, sa tête tombe sur le sol et le reste s'effondre sur le matelas. Anaïs décale son bras juste à temps pour éviter le corps qui continue de gigoter, tandis que je fixe le crâne aux pupilles qui clignotent. On dirait presque qu'il va se remettre à parler. Je m'avance vers le lit sanglant, la secrétaire n'a pas tellement l'air émue de la disparition de son patron. Évidemment, je la comprends. Mais elle va encore plus loin ! Elle lève le doigt et me le pose sur la lèvre, puis elle le trempe dans la piscine rouge du couvre-lit et l'apporte à sa bouche. Elle le lèche avec gourmandise, puis me le tend. Je ne cautionne pas, mais c'est trop excitant ! Je me surprends à l'imiter, puis à lécher le tronc sanguinolent, avant de revenir à la raison. Horrifié, je m'écarte du cadavre. Je dois tirer une tête bizarre, car Anaïs éclate de rire. C'est quoi son problème ? Elle se lève et continue de ricaner comme un succube, je sens mes veines battre sur mes tempes. Assez…

Sans prévenir, je balance Anaïs au travers de la vitre et l'explosion de verre retentit plus fort qu'un tremblement de terre. Les milliers de morceaux de verre pleuvent comme des grêlons, ils couvrent son cri de surprise. Mais a-t-elle réellement eu le temps d'être surprise ? Moi-même, je ne suis plus étonné. J'ai juste peur que les voisins s'excitent, mais rien ne vient. Tout paraît calme, maintenant…

Je décide d'explorer ce gigantesque appartement. Dans la pièce d'à côté, une immense bibliothèque abrite des centaines de volumes que Gautier n'a probablement jamais lus. Les murs regorgent de tableaux et des sculptures gardent l'endroit dans leurs cages de verre. Je sursaute lorsque je reconnais ma propre œuvre, le golem de steaks ! Au travers de la vitre, je fixe ses yeux de viande et me perds dans son visage, mélangé à mon propre reflet. En un coup de tête, je brise la paroi et des milliers de morceaux de verre tombent à mes pieds. Je m'approche de la statue, son visage a un petit peu fondu, laissant un creux au niveau du front. Ça me donne une idée. Comme dans la légende, je vais y placer un parchemin afin que le golem m'obéisse ! Je saisis le carnet de mon ancêtre et l'enfonce dans le visage défiguré. Mais le livre ne tient pas, il s'échappe de l'amoncellement de viande et tombe jusqu'à un coin sombre de la pièce. Bon sang…

Je vais pour le ramasser, mais m'aperçois qu'il s'est perdu sous un gros cube de fer. Un coffre-fort ! Haha, c'est là que l'infâme Gautier a dû cacher toutes ses économies ! Je l'agrippe avec la rage de l'exploité, tout cet argent m'est dû, parfaitement ! La porte en acier cède, je l'arrache du coffre et la balance au loin dans un bruit sourd. J'observe mes mains, j'ai l'impression que mes ongles sont durs comme de la pierre. Toujours dans le noir, je plisse les yeux et j'ai l'impression de bien voir. Il y a des centaines de liasses, ce sont des billets de cent euros. Mais quel salaud ! Et dire que ce porc ne voulait même pas me donner une petite avance, même pas une nuit dans une chambre d'hôtel ! Eh bien, je reprends mon dû, avec les intérêts. Mmh, c'est quoi, ça ? À côté de l'argent, il y a une tonne de paperasse, on dirait des documents confidentiels. Je les feuillette et je vois les fiches de comptabilité, l'officialisation des transactions avec des noms d'œuvres improbables et des noms d'artistes encore pires. Sauf qu'à un moment, je tombe carrément sur le mien. Et puis, le bénéficiaire : M. Barbec. Avec l'adresse de son château en Transylvanie.

3

> Derrière lui, sur un lit Louis XIV, elle tenait le canard mort contre sa poitrine. Puis elle le plumait avec ses dents comme le ferait un faucon, à petits coups secs. Il ne supportait de telles perversions que pour les mille dollars qu'elle lui donnait par semaine et les quelques petits plaisirs qu'elle lui offrait en retour.
>
> Jim HARRISON, *Wolf*

Déjà, je suis passé à la banque. Je ne suis pas fou, je n'allais pas me trimballer avec un million d'euros en liquide sur tout le continent ! Mon banquier a tiré une drôle de tête, d'ailleurs, non seulement parce que j'apportais une gigantesque somme dans un sac de sport, mais surtout parce qu'il avait rarement l'habitude de me voir. Ouvrant trop tard dans la matinée, fermant trop tôt dans la journée, les horaires des banques n'ont jamais été bien adaptés aux noctambules comme moi. Par ailleurs, le personnel ne perd jamais une occasion de me faire la morale. Vous n'avez toujours pas de source de revenus, M. Bertrand ? Ah, mais ça ne nous arrange pas des masses pour votre dossier ! Nous allons devoir vous retirer votre carte bancaire, M. Bertrand ! Y a-t-il un membre de votre famille apte à renflouer votre compte ? Vous ne nous facilitez vraiment pas la tâche, M. Bertrand !

Mais aujourd'hui, j'ai réglé tous ces problèmes avec un simple sac de sport rempli à ras bord. Mon conseiller, d'habitude si enclin à la parlote, n'a pas jugé nécessaire de me poser une seule question. Discrétion, M. Bertrand, nous sommes la banque de la discrétion, comme vous le savez ! Et nous sommes heureux de pouvoir mettre une croix définitive sur tous nos petits antécédents, héhéhé. Bonne journée, M. Bertrand !

J'attends à présent mon avion parmi les sièges innombrables de l'aéroport, je vais bientôt décoller pour Bucarest ! Évidemment, j'ai pris mes précautions avant de partir, j'ai tout réglé. Récupéré le cadavre d'Anaïs dans les pavés écartés, avant de le réexpédier dans le lit avec M. Gautier. Je vois mal la police remonter jusqu'à moi. Bon, il reste Yann, puisque je l'ai épargné. Mais Yann va me couvrir ! Certes, il pourrait me balancer pour se faire bien voir de sa hiérarchie, trouver le serial killer qui a terrassé la petite ville afin de bénéficier d'une promotion vertigineuse, entrer dans le secret des dieux et non plus s'ennuyer aux archives… Merde, j'aurais peut-être dû le buter aussi. Je suis débile ! Quand j'ai trucidé toutes les racailles, pourquoi est-ce que j'ai laissé un témoin ? Un ami, mouais… Faites-vous complice d'une tuerie de masse, on verra bien combien de temps va durer l'amitié ! En plus, je le connais, nom de nom… Pour lui, ce sera l'occasion rêvée, il va se prendre pour un héros national !

J'hésite à y retourner, qu'est-ce que je fais ? L'avion arrive sur la piste de décollage, je le vois qui se rapproche par la gigantesque baie vitrée. On est censés embarquer dans quinze minutes. Je peux encore partir, courir sur tous les murs de la ville jusqu'à retrouver le gros collabo, et puis l'expédier dans le lit de la mort avec les deux autres. Partouze létale pour le plus grand plaisir de l'inspecteur Gérard, ce sera assez jouissif à élucider ! Au moins, j'aurais la conscience tranquille. Si je ne le fais pas, le stress va m'investir la tête comme une nuée de chauves-souris… Je me lève et m'apprête à partir comme le vent, mais j'aperçois une jolie jeune fille qui tire sa petite valisette. Un bagage à main de taille réglementaire pour voyager léger. Je plisse les yeux et lis le nom sur l'étiquette obligatoire : Lleanna Duca, un nom qui sent bon l'Europe de l'Est ! Je trouve cette fille magnifique, elle retourne probablement dans son pays après un petit séjour français, le cœur brisé ! Mais je suis là pour lui remonter le moral ! Donc, je reviens dans le droit chemin, dans la file des passagers filtrés au détecteur anti-métal, anti-mensonges et anti-terroristes, si seulement ils savaient…

Dans l'avion, Lleanna Duca est assise devant moi,

mais je reste affligé par la mauvaise comédie française diffusée sur son écran. Tant pis pour la fibre artistique ! Une hôtesse arrive avec son sous-caddie, parce que c'est l'heure du repas. Que désirez-vous manger ? Rien, je prends juste des morceaux de pain, déçu qu'ils ne proposent pas de viande rouge. Dans l'entre-deux sièges, je me penche et vois que Lleanna a pris du poisson pané en forme de… poisson. Cet enfantillage me fait craquer ! Il me donne même une idée : je malaxe la mie de mon pain au rabais, puis sculpte de vrais jolis poissons. Réalistes, magnifiques, ça va lui en boucher un coin ! J'ai fait un espadon, un requin-marteau et une raie. Hé, je suis vraiment bon ! Pas si étonnant que je sculpte des golems en steaks hachés pendant mon sommeil. Je jubile, il n'y a rien de mieux pour briser la glace : mettre en avant ses talents.

Voici donc ce que je fais : j'avance mon bras à droite du repose-tête, Lleanna va voir passer mes œuvres du coin de l'œil, et elle sera tout de suite conquise par mon âme d'artiste ! J'avance mon bras centimètre par centimètre dans l'inconnu. Mais pas de réaction, alors j'agite un peu le poignet, et là, j'entends hurler ! Et ce n'est certainement pas la fraîche mélopée de Lleanna, c'est une horrible voix grave de vieille monstresse. Je sursaute, puis penche la tête pour voir : à droite de Lleanna, une horrible mégère ridée se retourne, brandit le poing et m'injurie en roumain. Elle a un voile sur la tronche et bien cent ans au compteur. Effrayé par ses mouvements brusques, je lâche mes géniales sculptures qui tombent sous les sièges. Lleanna aussi a levé la tête, elle ne comprend pas ce qui s'est passé. Je n'espère qu'une seule chose : que la vioque ne soit pas sa mère, sinon je me désintéresse tout de suite de la lolita pour une liaison à long terme ! Bon, il faut que j'outrepasse les aboiements du vieux roquet, je passe à l'action :

— C'était pour vous !

Le bouledogue ridé continue de bougonner, mais la jeune femme ne semble pas me comprendre. Est-ce qu'au moins, elle parle français ?

— Pour… moi ?

Aaaaaah ! Lleanna, toi et moi, nous allons faire un bon bout de parcours ensemble ! Le destin ne s'est pas trompé !

— Mais… qu'est-ce que c'était ?

Alors là, elle charrie ! Pour une fois que je m'emploie à donner du réalisme ! La vioque s'est arrêtée. Pour le coup, elle ne doit rien comprendre au français, mais ça l'intéresse quand même : elle penche sa tête hideuse et entache ce premier rendez-vous.

— C'était des poissons ! Attendez, je vais vous montrer !

Je me baisse, puis je racle la moquette comme un clochard afin de récupérer mes chefs-d'œuvre. J'arrive à les attraper après moult efforts pathétiques au cours desquels j'ai pu contempler les mollets dégoulinants de la grand-mère. Et ils n'arrêtaient pas de bouger, cette vieille pute cherchait à m'écraser les mains ou quoi ? Comme si ça allait me décourager… Je tends ma paume et mes poteries de mie, quatre yeux s'agrandissent dubitatifs. Bon, okay, les poissons sont recouverts de poussière. Ils ne connaissent donc pas l'aspirateur, chez Roumania Airlines ? Attendez, attendez, je souffle dessus et je démontre à quel point mon art s'avère précis et judicieux, j'exhibe les détails et je décris chaque trait. Je ferais pâlir d'envie un ichtyologue, mes poissons sont dignes des esquisses les plus pointues ! Ça finit même par hypnotiser la grosse vieille, c'est dire ! Vient le moment de porter le coup de grâce dans leur cœur :

— Je suis un grand artiste ! j'explique. Je vais en Roumanie pour affaires. Je vends des tableaux, parfois des sculptures.

La belle semble impressionnée, on n'entend plus que la vieille marmonner. Lleanna m'explique qu'elle vient tout juste de terminer ses études d'architecture en France, elle était fortement intéressée par l'histoire de l'art. Je commence à peine à ressentir les premières frayeurs qu'elle m'achève d'un coup :

— J'adore Marcel Duchamp. Qu'est-ce que vous en pensez ?

— *Gasp* !

Okay, okay, du calme. La petite veut juste faire son intéressante et balancer des références françaises par politesse. Il ne faudrait quand même pas oublier que Duchamp le charlatan a été naturalisé américain ! Tandis que la vieille bougonne « Marzel Tuchon, Marzel Tuchon », je me contente de répondre :

— Oui, j'adore ! L'art conceptuel, j'adore ! Je ne fais que ça !

— Tes poissons ne sont pas de l'art conceptuel.

Pfff, la petite se croit maligne, comme si elle était

en mesure de m'apprendre quoi que ce soit ! Le bouledogue roumain arrête les « Marzel Tuchon », il recule au fond de sa chaise parce qu'il sent mon agressivité bouillonner, mais je me contiens. Pas de massacre dans l'avion, Bertrand, s'il te plaît ! De ma voix la plus calme, j'explique tout simplement :

— Je ne pensais pas avoir affaire à une connaisseuse ! Si vous voulez, je peux vous faire assister à une performance que j'ai préparée, je dois la présenter au Musée d'art contemporain de Bucarest. Mais pour cela, j'ai besoin de papier-toilette, il faut qu'on aille dans les WC…

Là, elle a un mouvement de recul, Lleanna. Elle garde la bouche grande ouverte, comme si elle était vraiment choquée. Même la vioque dresse l'oreille dans sous son foulard, comme si elle avait compris mes intentions. Je m'en fous, je décide de ne pas me laisser décontenancer. Car c'est ainsi que les artistes contemporains réussissent, non ? Il suffit de prendre ses grands airs, tout en sachant que ce qu'on accomplit est merdique :

— Hé, je suis très sérieux ! C'est une performance qui vaut vraiment le détour, mais il faut se mettre en condition. Si tu as étudié l'art contemporain, tu dois bien savoir ça !

— D'accord.

C'est bon, elle accepte ! Tellement facile… Je m'éloigne dans l'allée de l'avion, mon trophée de chasse en laisse invisible derrière moi, je ne vous raconte pas la tronche de la vieille ! De ses mains crochues et ridées, elle prend appui sur les deux sièges et hisse sa tête de momie pour nous regarder nous éloigner. D'autres passagers ont l'air étonnés, ou plutôt scandalisés, ils savent très bien ce que nous allons faire, héhéhé. Je claque la porte très fort derrière nous, assez pour faire sursauter la vioque tout au fond. Lleanna a l'air pressé :

— Allez, montre-moi vite.

T'inquiète, ce que je vais te montrer, tu ne seras pas près de l'oublier ! Je baisse mon froc.

— Hé non ! Arrête !

— Mais ça fait partie de la performance ! Ne t'inquiète pas !

— Ah ?

Puisque ça l'excite de gagner du temps, on va la jouer rituel sexuel ! Je saisis le rouleau de PQ et je commence à m'enturbanner la bite. Pendant ce temps, Lleanna détourne pudiquement le regard, pfff, elle n'est pas du tout dans le trip ! Okay, on va arrêter de jouer. Je l'enlace et je commence à me frotter à elle.

— Mais ça ne va pas ? Non ! Arrête !

— On va arriver au clou de la performance, ma belle ! Tiens-toi prête !

JBAM ! Ma joue résonne, puis elle se met à brûler. Non mais, je rêve ! Elle vient vraiment de faire ça ? Lleanna commence à hurler, très fort, trop fort ! La vieille conne risque de l'entendre, quelle humiliation ! J'agite les bras :

— Chut, chuuuuuut !

— Non, mais qu'est-ce que tu crois ? Que toutes les Roumaines sont des putes, c'est ça ? La police va t'attendre à la douane, espèce d'imbécile ! Tu vas voir ce qu'il en coûte de mal se comporter ici. Pour qui tu te prends ?

— Woh, mais ferme-la, bordel ! C'est toi, pour qui tu te prends ? Est-ce que tu sais à qui tu parles ? Je suis un artiste subventionné par ton pays de merde, d'accord ?

— Je m'en fiche !

— Ah ouais ? Eh bien, tant mieux si tu t'en fiches, parce que c'est pas vrai ! Je déteste les subventions, celles que tu toucheras dans ton métier de merde de parasite de merde dans ta filière de merde, tu entends ? Écoute bien comment je prononce le mot « merde », espèce de connasse, puisque c'est un mot que vous adorez ! Merde, merde, merde, merde, merde ! Merde aux subventions, moi j'ai un mécène ! M. Barbec, au cas où tu te demanderais ! Et d'après ce qu'on dit, il vit dans un château, alors je crois que je mérite un tout petit peu plus de respect !

Là, Lleanna l'hystérique ne répond plus rien, son visage vire au blanc. Je ne m'attendais pas à autant d'effet !

— Ben quoi ? Qu'est-ce qu'il y a ?

— Tu as dit… M. Barbec ? Le château de M. Barbec ?

— Haha, un peu, que j'ai dit le château de M. Barbec ! Ça t'impressionne, hein ?

— *Hiiiiiiii !*

Bordel, elle se remet à gueuler ! J'espère que tout le monde a les oreilles bouchées par la pressurisation de l'avion, cette connasse va me faire encager par les autorités roumaines ! Quand j'essaye de la maîtriser, elle se débat de toutes ses forces, ça fait BONK BONK BONK BONK BONK contre la porte fermée. Ça doit résonner dans toute la cabine ! Lleanna devient possédée, elle grimperait au plafond si elle le pouvait ! Qu'est-ce qui l'effraie comme ça ? Arrête, mais arrête, chut ! *Hiiiiiiii, hiiiiiiii ! Haaaaaa !* Le cri change, puis il baisse et pour cause ! Mes dents se sont fichées dans le cou de la petite. Désolé, Lleanna, mais il est hors de question qu'on me renvoie en France si près du but. Alors, j'arrache la gorge d'un coup sec et le corps entier s'effondre sur la lunette des WC.

Merde, quel gâchis, mais elle m'a forcé ! La mort dans l'âme, je sors de la cabine, puis enfonce mon bras dans la porte afin de la verrouiller de l'intérieur. Lorsque je rentre en cabine, tous les passagers me fixent. D'un coup, je tousse très fort, alors tout le monde sursaute d'effroi et retourne vaquer à ses occupations, un petit peu trop énergiquement. Au creux de mes phalanges, je remarque une tache de sang. Je la lèche, puis me rends compte qu'une seule personne continue de me regarder : la mégère au foulard, qui fronce tellement les yeux que ça la ride encore plus, on dirait un vieux tronc d'arbre. Il me vient une idée. Je m'approche de son oreille et lui chuchote : « Barbec ! » Elle tourne la tête avec sa bouche sans lèvres. Elle ne semble pas comprendre, alors je répète : « Barbec ! Barbec ! Barbec ! » Tête neutre de chèvre insouciante derrière le barbelé, je crois que j'ai raté mon effet. D'accord… Je saisis mon sac à dos et j'en sors le carnet de mon arrière-grand-père, puis je l'ouvre à une page au hasard. Je colle l'extrait en question sous le vieux nez, alors les yeux s'agrandissent sous les paupières centenaires. La bouche s'ouvre sur une rangée de dents inégales et pourries, mais pas un son ne sort. Son siège accueille la secousse d'un corps inerte, ses mouvements appartiennent désormais au passé. Je retourne le livre vers moi pour contempler l'esquisse foudroyante : c'est une chauve-souris géante, des ossements en guise d'ailes et des cadavres plein les serres. On a toujours eu un inconscient chargé dans la famille. La main de la sorcière pend sur l'accoudoir, je crois qu'elle s'est mangé une sale crise cardiaque…

— Excusez-moi, Monsieur !

Argh, c'est le gars juste à côté de la trépassée qui se retourne vers moi, il a un fort accent roumain et une tête de nazi, je crois que je viens juste de me faire griller ! Sauvons les meubles avant le grand autodafé !

— Elle s'est juste endormie, Monsieur ! Ne vous inquiétez pas, elle va très bien ! Vous savez comment c'est, à cet âge, les vieilles biques !

— Comment ?

— Je lui ai donné un cachet tout à l'heure, hahaha ! Elle s'endort toujours comme ça. Je viens de lui raconter une histoire, c'est un album pour enfants, hahaha !

Et je range précautionneusement et le plus vite possible le carnet maléfique tout au fond de mon sac.

— Je ne connais pas cette dame, Monsieur. Mais avez-vous bien parlé de M. Barbec ?

— Heeeeuuuu, ça dépend ?

— Je parle de M. Barbec, le grand homme d'affaires roumain.

— OK, OK, je parlais de lui. Il est tellement célèbre, tout le monde parle de lui, hahaha !

— Je suis son assistant. Je m'appelle Stefan Vacaresco.

Oh !

— M. Barbec aime acheter des tableaux pour sa galerie personnelle, mais il n'a pas le temps de voyager. Je prospecte pour lui, c'est ma mission. Comment le connaissez-vous ?

— Ah, bah vous allez pas le croire, ah ça non ! Vous vous souvenez du tableau signé Bert ? Celui que vous avez acheté il y a de cela quelques jours ?

Son visage passe du blanc nazi au blanc cadavérique. Ça, on peut dire qu'il ne s'y attendait pas !

— Mais… comment savez-vous ?

— Accrochez-vous, mon petit gars ! Le Bert en question, c'est moi ! Je m'appelle Bertrand, enchanté ! Et figurez-vous que je me dirigeais tout droit vers le château de M. Barbec, sans vouloir m'imposer !

Je lui tends la main, mais sa réaction me laisse perplexe : il recule et se lève même de son siège ! Alors, il met un gant blanc très classe, puis me tend enfin ses doigts tremblants, les sourcils suspicieux :

— Vraiment, c'est vous, M. Bert ?

— M. Bertrand.

— Que venez-vous faire en Roumanie ?

Échapper à mon pays à cause des nombreux cadavres laissés derrière moi ? Écouler mon fric volé à un macchabée ? Poursuivre mon travail artistique dans le château de Barbec pour suivre les indications d'un golem de viande ?

— Je... Je...

Il me regarde de plus en plus intensément, quel malaise !

— Je...

Il pince son gant juste sous la paume comme pour le resserrer. Qu'est-ce qu'il va faire ? Il va m'étrangler ? J'arrive enfin à articuler :

— Je... viens vous vendre d'autres tableaux.

Vacaresco s'apprête à ouvrir la bouche, et je l'arrête tout de suite parce que j'ai bien retenu le discours de l'infâme Gautier.

— Je sais qu'il n'achète qu'une seule œuvre par artiste, je le sais ! Seulement, il faut que vous sachiez quelque chose, M. Vacaresco ! En France, les artistes tels que moi sont persécutés. Vous ne l'avez pas lu dans les journaux, c'est normal ! Qu'est-ce que vous croyez ? Est-ce qu'on racontait toutes les immondices de Ceausescu dans Libé ? Non ! Mais moi, je vous le dis, M. Vacaresco, quand on sort un peu du rang, on se retrouve banni à tout jamais. Je meurs de faim, voilà la vérité, alors ne me parlez pas de la chance de vivre en France, du pays des droits de l'homme et de la liberté. Je compte demander l'asile artistique en Roumanie, ou plutôt le mécénat qui devrait me revenir de droit. Ce n'est pas de l'aumône, loin de là, M. Vacaresco J'entends juste demander la juste rétribution à mon savoir-faire ! Je sais que M. Barbec saura reconnaître le talent, et plus que cela, je sais qu'il saura instinctivement où est son intérêt...

Vacaresco sort son portable et passe un coup de fil. Il parle très vite en roumain. À un moment, j'entends mon nom. Phrases suspensives, questions auxquelles il ne répond rien. *Da. Da. Da. Da da da. Da.* Puis, il raccroche.

— Très bien. Nous arrivons à l'aéroport. Vous venez avec moi.

Yes !

On sort de l'avion et on se dirige vers les taxis. C'est la fin de journée en Roumanie, pourtant le soleil me rend malade au travers des nuages. Ma tête tourne et j'ai envie de vomir. Pressé, je tends la main vers les véhicules qui roulent au pas, mais ils m'évitent royalement. Heureusement, Vacaresco arrête plusieurs voitures d'un simple geste. Il parle en roumain au premier arrivé, alors le conducteur s'affole comme s'il devait gérer un cortège présidentiel. Surtout, il place très précautionneusement un énorme paquet dans le coffre. Je demande :

— Qu'est-ce que c'est ?

— Une œuvre trouvée hier sur un marché aux puces, juste avant que je ne rentre à mon hôtel. Je suis sûr que M. Barbec va l'apprécier.

— Ah oui ? Ça ressemble à mon tableau à moi ?

— Pas du tout.

Mon sourire s'inverse d'un seul coup. Heureusement que je ne suis pas imbu de moi-même, ce gars ne se rend même pas compte que ses paroles pourraient vexer.

— Ah. Et qui donc l'a peinte ?

— D'après ce que j'ai compris, c'est un récidiviste de la prison de la Santé. Accusé d'une série de meurtres, il a peint ses toiles enfermé au fond de sa cellule et c'est sa sœur qui les vend sur différents marchés. Ce jeune homme aurait assassiné une quinzaine de personnes. Cela peut surprendre, mais M. Barbec aime trouver des talents là où on s'y attend le moins…

Hum, comment dois-je le prendre ? Je ne sais plus quoi penser, je regarde la ville qui défile. C'est dingue, le nombre d'immeubles à Bucarest, on ne voit que ça ! Des tours et des tours, des milliers de balcons sur des façades infinies. Mais nous, on s'éloigne du centre-ville. On se dirige de l'autre côté, derrière la forêt. Les mains du chauffeur tremblent sur le volant. Ça a commencé quand Vacaresco lui a annoncé notre destination, et c'est de plus en plus Parkinson au fur et à mesure que la route défile. Les roues font des microzigzags sur le bitume, c'est la secousse permanente. Il ne faudrait pas rejoindre le fossé, pas maintenant ! Est-ce le nom de Barbec qui lui fait cet effet ? Je demande à Vacaresco :

— Pourquoi est-ce qu'il tremble, le chauffeur ?

Il me sourit d'un air hautain, exhibant ses canines :

— Haha ! Les gens d'ici n'aiment pas trop s'éloigner du centre-ville. Bucarest est une capitale européenne, mais les chauffeurs de taxi sont restés très superstitieux. Ils détestent s'approcher de la forêt, ils y associent tout un tas de légendes. C'est dommage. Nous venons pourtant d'entrer dans le vingt-et-unième siècle, n'est-ce pas ?

— Heu, ouais, c'est sûr…

— Nous allons bientôt arriver.

En effet, je vois au loin la bâtisse avec ses hautes tours et les corbeaux tout autour. Le château de Dracula ! On s'en rapproche très vite, comme si ces vieilles pierres voulaient nous happer. Plus les kilomètres défilent et plus le soleil s'estompe derrière une brume grisâtre. Alors je me sens revivre. Lorsqu'il arrive au niveau du pont-levis, notre chauffeur ralentit, puis lève la tête vers la muraille avec des yeux affolés. D'un coup, il fait le signe de croix en marmonnant des prières en roumain. Ça dure plusieurs minutes et de temps à autre, il nous observe dans le rétroviseur. Alors, Vacaresco lui gueule dessus et le pauvre vieux à la limite de l'évanouissement arrête le moteur. Il sort de la voiture et va chercher nos bagages, les imbriquant de manière parfaite sur les herbes inégales. Dès qu'il a fini, il redémarre le plus vite possible. Moi qui voulais payer… La voiture se trouve déjà loin et Vacaresco semble trouver ça normal.

Je commence à m'emparer des bagages, puisqu'il va bien falloir les monter. Je soulève les différentes valises, la toile du jeune taulard se trouve juste au-dessus. J'y jette un œil et me rends compte que son univers pictural est plutôt proche du mien, à l'instar de sa vie. J'ai tout juste le temps de voir une scène de torture gigantesque, lorsqu'un cri rauque me la fait presque lâcher, argh :

— Qu'est-ce que vous faites ?

— Beuh, on monte les bagages, non ?

— Pfff, veuillez cesser de vous humilier, s'il vous plaît. Vous nous déshonorez.

Là, il lève le bras. Il n'y a personne à cent mètres à la ronde, mais un vrai régiment débarque d'un seul coup. Des caméras de surveillance ont dû nous voir arriver. Tous ces hommes sont trapus, leur regard vide ne se pose à aucun moment sur les nouveaux arrivants. Il ne faut pas que j'aie l'air étonné, je m'adapte, je m'adapte. Portez donc les valises ! Je garde le cou bien droit et fier comme Vacaresco, car j'ai l'habitude de me faire servir, ah oui ! Je fais partie de la classe des nobles, vous savez, la race des seigneurs ! Portez-moi tout ça, et moi, je garde les mains dans mes poches.

L'énorme porte en bois se referme derrière nous, alors je sais que les dés sont jetés. La pénombre s'installe et des torches illuminent le long couloir, c'est rustique. Alors, on avance lentement, très lentement, trop lentement ! Dans cette procession bizarre, nous croisons des Roumains aux gueules effrayantes, mais je ne bronche pas. Leur succède bien vite un cortège de jeunes femmes qui ressemblent à Lleanna. Je ne peux m'empêcher de les suivre du regard, jusqu'à tomber sur celui de Vacaresco, alors je sursaute puis continue d'avancer tout en fixant mes pieds. Quand tout le monde s'arrête, je me cogne à mon voisin de devant, puis je lève la tête. Un énorme monsieur en costume bordeaux s'avance vers nous tous, il tend ses bras comme un Christ en croix et le moins qu'on puisse dire, c'est que ses pognes paraissent gargantuesques ! M. Barbec a des cheveux bouclés et gris, le nez comme une patate et il doit bien avoisiner les cent quarante kilos. Très jovial, il s'esclaffe de plus en plus fort au gré de ses pas, puis il m'embrasse carrément :

— *Hahaha ! Moi, grand artiste en toi ! Moi très admiratif !*

Quel accueil ! Tous les autres tirent la tronche, surtout Vacaresco, je ne comprends pas trop. L'énorme millionnaire me donne des claques dans le dos, mais lorsqu'il s'adresse à ses employés, son visage s'allonge jusqu'au sol, puis il plisse les yeux d'un air de défiance absolue. Heureusement, il revient vite vers moi :

— *Le toile du pur génie vous, hahaha ! Pur génie !*

Vacaresco a l'air gêné. Je crois qu'il se retient de traduire pour ne pas vexer son patron, mais ça va, j'ai compris ! C'est à la fois plaisant et consternant de se rendre compte qu'il faut carrément traverser plusieurs pays, l'Europe entière pour trouver des connaisseurs dans le domaine de l'art ! Probablement épuisé par sa démonstration de bonhomie, Barbec poursuit en roumain et son secrétaire supervise la traduction :

— Je vais vous montrer votre chambre. M. Barbec dit que vous pouvez rester ici autant qu'il vous plaira.

Ben tant mieux, parce que ce n'est pas demain la veille que je me jetterai dans les geôles ! La France n'a plus rien à m'offrir, à part des décennies de prison… Barbec me serre à nouveau dans ses bras jusqu'à me faire craquer les omoplates, et puis on s'aventure dans les couloirs avec Vacaresco. De nouvelles filles se retournent vers nous en souriant, leurs fins talons s'arrêtent pour nous regarder nous éloigner.

— C'est qui, ces filles ?

L'assistant paraît énervé :

— Personne.

— Hein ? Vous rigolez ou quoi ? Elles sont superbes !

— Oui, oui… Votre chambre se trouve juste ici. Je vous conseille de bien vous reposer, vous en aurez besoin.

Il s'écarte sur le côté et un énorme monstre apparaît, wargh ! Je sursaute et tombe à la renverse, avant de constater en contre-plongée qu'il s'agissait d'une simple gargouille accolée à la porte. Mais elle est horrible, terriblement repoussante ! Vacaresco me tend la main pour m'aider à me relever, puis poursuit sa phrase sur le même ton méprisant :

— Oui… Vraiment besoin…

— C'est ça, je vais bien dormir !

Heureusement que toutes les filles sont parties avant que je ne me ramasse la gueule. La honte ! Pfff, tu parles que je suis fatigué. Ce soir, je suis de sortie, les gars ! Je rentre dans la chambre et ferme la porte à clé. À l'intérieur, une autre tête de gargouille me contemple. Je recule de trois pas, c'est quoi leur problème ? Je m'allonge sur le lit et sors de mon sac le manuscrit de mon arrière-grand-père. C'est tout ce que j'ai trouvé pour me rassurer. Je l'ouvre au hasard et je tombe sur une page où une dizaine de gargouilles dévorent un paysan, le pauvre bougre se débat sans grand espoir sur les remparts d'un château. Des gargouilles. Comme sur ma porte. Et le paysan me ressemble ! Et puis ce château…

BOM BOM BOM BOM BOM, on tambourine à la porte de ma chambre, oh non, les gargouilles, oh non, oh non, oh non ! La poignée tremble, comme prête à céder, qu'est-ce que je vais faire ? Je bondis au plafond et m'y accroche comme une chauve-souris. Alors, je me rappelle mes propres pouvoirs et ma peur s'envole. Je vais les trucider ! Je fonce vers la porte, l'ouvre et bastonne la silhouette monstrueuse qui m'attendait. Elle pousse d'atroces cris de créature blessée, puis elle se roule en boule, c'est pitoyable ! Lorsqu'elle se réfugie sous la lueur d'une torche, je peux observer son horrible pelage bordeaux. Bordeaux ? Merde, mais attendez !

— M. Barbec ?

— *Eurkh…*

— M. Barbec, je suis désolé ! Je croyais… Heu, pardon, vraiment !

— *Pteuh…*

Il crache un peu de sang, puis essuie le coin de sa bouche rouge avec sa manche bordeaux, avant de se relever de toute son envergure d'ogre. Il me fixe pendant plusieurs secondes, aussi sérieux qu'un géant constipé. Je crains le pire, mais d'un coup, il explose de rire :

— *Hahaha, pas grave ! Hahaha, du tout pas grave. Je aimer combats !*

Alors, il dresse ses poings devant son visage, un sourire pervers au coin des lèvres :

— *Nous battre encore et moi battre vraiment ! Haha !*

— Heu, bah. Heu… Nan, en fait. Je voulais pas…

M. Barbec se met à sauter sur place comme un kangourou boxeur, il frappe devant lui de temps en temps. Mais lorsqu'il essaye de m'atteindre, je vois les poings arriver comme au ralenti, mes réflexes ont été décuplés. Je me décale à gauche, puis à droite, et les étaux qui lui servent de mains atterrissent dans le vide. J'ai bien envie de sauter contre le mur et de lui balancer mon pied dans la tronche, mais je dois ménager mon hôte. J'essaye plutôt de le contenir, qu'on évite la tragédie… J'agite les mains pour lui signifier d'arrêter :

— M. Barbec, écoutez-moi. Heu, on se battra plus tard, d'accord ?

Air triste d'ours déçu.

— On se refait un combat plus tard, hein ? Pourquoi avez-vous frappé à ma porte ?

— Oh ! Je apporter matériel.

Il m'indique le mur derrière lui, au bas duquel m'attendent une immense toile vierge sur un chevalet et du matériel de peinture. Bon sang, on ne souffle donc jamais en Transylvanie ? Moi qui me sentais un petit peu en vacances…

— D'accord. Super, merci. Je rentre ça dans ma chambre, mais là je vais dormir. Je commencerai à travailler demain matin !

— *Ce soir, travailler. Peintre tout le temps devoir travailler. Travail premier devoir artiste français.*

— Heu, mais demain…

— *Ce soir !*

Il ne sourit plus du tout, le kangourou. Merde, d'accord…

— Je vais vous faire un chef-d'œuvre dès ce soir, M. Barbec. Aucun problème.

Il reste planté dans le couloir jusqu'à ce que j'aie transbahuté tout son fichu matériel. Alors, je lui adresse un salut cordial et referme violemment la porte. La gargouille intérieure réapparaît devant moi, et je sursaute à nouveau. Je n'arrive pas à m'y habituer... Je m'assois sur mon lit et observe la toile blanche. À la vérité, je n'ai absolument aucune intention de peindre quoi que ce soit pour l'instant ! J'attends un moment, puis je rouvre la porte. Le gros con n'est plus là ! Je cours discrètement sur ce qui me paraît des centaines de mètres, sans me retourner pour ne pas croiser le regard sur ma porte. Intersections de couloirs, dizaines de chambres et autant de gargouilles, bonjour le labyrinthe ! Mais où sont les nanas ? Mon esprit se perd et je me mets à courir sur les murs sans m'en rendre compte. Je redescends sur le sol poussiéreux, j'espère que personne ne m'a vu. Devant moi, un nouveau monstre sculpté attire mon attention : une femme à la longue queue de serpent, comme la statue géante dans le jardin de Bomarzo.

Je toque à la porte, pas de réponse, alors je colle mon oreille sur la paroi et une voix mélodieuse m'appelle comme le chant d'une sirène. Elle dit « *Între !* » et il me semble entendre « Entrez ! », alors, je, heu, j'hésite quelques secondes, puis finalement j'ouvre. Une magnifique Roumaine taille mannequin me fait face au loin, elle porte un simple peignoir, alors je referme la porte derrière moi. Elle s'avance pour placer sa paume sur ma poitrine, puis m'annonce : « *Numele meu esta Anca.* » Anca, c'est joli, presque autant que Lleanna. Puis, elle prononce une phrase interminable où je décèle juste le nom de Barbec. « *Barbec is OK* », je réponds. Elle agite la tête en signe d'approbation, puis un sourire pervers illumine son visage. D'un coup, elle fait tomber son peignoir et son physique divin s'offre à mes pupilles ahuries. Okay, je l'avoue, je manque de m'évanouir. La syncope de l'humain face à la toute-puissante beauté de la déesse antique. Actéon devant Diane, et aujourd'hui Bertrand devant Anca. Je ne suis pas changé en cerf, mais une corne me pousse dans le slip ! Comme je suis tétanisé par la perfection tout juste révélée, la Roumaine à nu décide de me mettre à l'aise. Elle saisit deux coupes de champagne, puis nous sert à ras bord. Je bois cul sec, puis trouve le courage de la prendre dans mes bras.

Seulement, d'un seul coup, la porte se rouvre avec fracas. Un monstre bordeaux apparaît : « *Vous, Bertrand, que foutre ici ?* » Houla, M. Barbec, quelle bonne surprise ! Pouvais pas dormir, suis juste venu boire une coupe de champagne, hum, hum, hum. « *Terminée œuvre d'art ? N'est-il pas ?* » Presque, presque, M. Barbec. Je m'y remets tout de suite, ça ne vous embête pas si j'emmène ça, n'est-ce pas ? Et la bouteille à peine entre mes doigts, je penche le goulot dans ma gorge. Je m'enquille tout en quittant les lieux, au revoir, au revoir ! Je cours dans les couloirs, mon cerveau dans tous les sens. Je ne sais même pas si je marche sur les murs, au plafond ou sur le sol, tout s'embrouille trop dans mon cerveau. Merde, qu'est-ce que j'ai fait ? La fille attendait

Barbec, et moi je me suis pointé ! Demain matin, il va me condamner au pal comme Vlad ! Enfin, ça, c'est s'il me retrouve dans ma chambre, parce que je ne retrouve plus ma chambre. Je déambule dans les couloirs, tous les chemins se ressemblent malgré les innombrables monstres. Je tombe de fatigue, je crois que je ne vais jamais y arriver. Alors que je reprends une goulée de champagne pour me donner du courage, je croise un vieux monsieur qui n'a plus de cheveux qu'au-dessus des oreilles, crâne complètement chauve et petites lunettes rondes. Il n'est pas habillé en costume comme Barbec, loin de là : short et T-shirt décontractés, je suis très étonné. Ça lui fait bizarre aussi, de me croiser, alors il me pose une question en roumain. Bien sûr, je ne comprends rien :

— Quoi ?

Il a l'air content.

— Vous êtes français ?

— Ouais ! Vous aussi ?

— Non, non, je suis hongrois. Je me présente : Docteur Markus.

— Ah. Bonsoir. Qu'est-ce que vous faites ici ?

— La vraie question, cher ami, c'est : *vous*, qu'est-ce que *vous* faites ici ?

— Ben, je suis un peu perdu. Je suis un artiste en résidence. Peintre. C'est M. Barbec qui m'a invité pour me loger. Indéfiniment. Enfin, c'était le programme…

— C'est peu courant par ici, hahaha ! Je ne pense pas avoir à vous ausculter.

— Ça dépend. Je suppose que dans l'état où je suis,

je pourrais très bien me casser la gueule, m'entailler quelque chose…

— Je vous arrête. Je ne suis pas docteur en médecine. Je suis psychanalyste.

— Oh. Vous aussi, vous êtes en résidence ?

— Si l'on veut, cher ami. M. Barbec veut juste s'assurer que tout son petit, comment dirons-nous, mmh, personnel se porte bien. Les hommes comme les femmes. J'ai mis ma carrière internationale de côté pour entrer à son service.

— Ah, ben pareil que moi alors ! Tout pareil !

Il continue de sourire, mais j'ai l'impression qu'il ne me croit pas. Le champagne ne joue pas en ma faveur.

— Très bien. Nous nous reverrons prochainement, je suppose. Je vous souhaite une bonne nuit !

Et il s'en va sans attendre ma réponse. J'allais presque demander s'il pouvait m'héberger dans sa chambre, je me sens terriblement mal. Tant pis, je finirai bien par retrouver mon chemin.

Je suis perdu dans les couloirs. Je ferais bien de m'enfuir, sinon je vais à nouveau tomber sur Barbec, ça va être méchoui party en Roumanie ! La barbaque de Barbec, ce sera moi ! À la broche, ils me feront rôtir comme la dernière des chauves-souris. C'est bizarre, maintenant, toutes les portes des chambres sont ouvertes. Plus de gargouilles qui me fixent, plus de monstres femmes qui me narguent, juste des trous noirs qui m'aspirent. C'est trop dangereux, il faut que je trouve une fenêtre, mais il n'y en a pas ! Des couloirs sans fin et des portes ouvertes sur les abysses, me voilà condamné. Je ne peux même pas sauter depuis les remparts, ni courir sur la muraille pour plonger devant le pont-levis. Je suis bloqué comme un rat dans le labyrinthe, et il n'y a même pas de fromage. Soit je reste à découvert, soit je m'enfonce dans l'inconnu sans issue. Quelle chambre suis-je censé choisir, quand toutes représentent le danger absolu ? D'un coup, une voix m'appelle. C'est dans le noir, juste là, dans l'encadrement de la porte la plus proche. Bertrand, Bertrand, viens m'aider ! J'entre, ouh, ouh, il y a quelqu'un ? Deux mains m'agrippent le col et des yeux rouges luisent dans le noir. « Alors, enculé de babtou ? T'as cru que t'allais t'en tirer comme ça ? » Bon sang, Farid m'attendait avec son cutter ! Je croyais l'avoir buté, mais il m'a poursuivi jusqu'ici, au fin fond de la Transylvanie ! C'est un revenant, un zombi ! Au moment où il m'applique la lame sur le cou, je tombe du lit.

Hein ? Je suis dans ma chambre, je crois que je rêvais ! Mais en contre-plongée, je vois un énorme corps étendu sur mon matelas. Mon Dieu, je me suis endormi dans la chambre de Barbec ? Pris de panique, je me redresse, et en réalité, je mets plusieurs secondes à reconnaître Yann ! Qu'est-ce que ça veut dire ? Je suis resté en France, je ne suis jamais parti ? Mais non, je vois bien la gargouille sur la porte qui me regarde de loin ! Je ne comprends plus rien et secoue la baleine échouée :

— Yann, mais bordel, qu'est-ce que tu fous dans ma chambre en Roumanie ?

— Argh, mais ta gueule, Bert' ! Il est même pas neuf heures du matin et tu me casses déjà les couilles, là ! T'attends que je sois endormi pour me mettre à l'amende, t'es juste pathétique !

— Change pas de sujet ! C'est quoi ton problème, tu m'as suivi ?

— Oh putain…

Je continue de le secouer, je veux qu'il parle ! Habituellement, ça ne me dérange pas de ne rien comprendre à un lendemain de cuite, ça m'aide même à créer, mais là c'est trop ! Yann n'a pas pu arriver aussi vite, c'est matériellement impossible.

— C'est moi le militaire, t'as oublié ? Je te mets à l'amende ! Je te mets à l'amende, Bert' !

Ça y est, il est à nouveau possédé. N'empêche, il se montre moins efficace qu'avant, quand il s'excitait dans les restaurants. Je crois qu'il n'est pas au courant des dernières nouvelles, je ne suis plus la mauviette civile qui se couchait face à l'autorité, je ne suis plus non plus l'artiste chômeur qui se la fermait devant le travailleur, non, j'ai bien évolué ! Je l'attrape par le cou et je nous envole tous les deux jusqu'au plafond qui craque, le magnifique lustre tombe en un million d'éclats, puis quand nous retombons le lit s'effondre dans un déluge de poussières et de plumes. Mince, cet imbécile va me griller auprès du big boss et de sa communauté ! L'heure est venue, je vais devoir assassiner mon meilleur ami ! J'ai fui les Mario bobos et les racailles maniaques dans mon propre pays, donnez-moi une seule bonne raison de ne pas faire sauter définitivement tous les ponts, même s'il a dû comprendre la leçon... Maintenant, il sait que je suis le plus fort, il se recroqueville et marmonne une litanie en suffoquant. J'entends seulement :

— Bert', approche plus près.

— C'est quoi encore, ces conneries ? Dis-moi pourquoi t'es là !

— Approche et je te dis. Tu m'as coupé la respiration...

S'il croit que j'ai peur... Je viens au plus près de lui, mon nez contre son cou et ma mâchoire entrouverte. Alors, un sourire s'esquisse et il me susurre tout en levant la main :

— T'es baisé !

Tandis que son rire démoniaque se répand dans la pièce, une ombre poilue apparaît et m'assaille à coups de crocs. Argh, je crois que la malsaine magie du château ne connaît plus de limites, Yann vient de se transformer en loup-garou ! Tel un chiot démoniaque et joueur, il attrape mon bras dans sa gueule et ne veut plus le lâcher. Mais ça n'a rien d'un jeu ! Et il grogne et il rit dans la sarabande infernale qui ne veut pas finir ! Pouvoir contre pouvoir, je décide de faire à nouveau décoller l'abruti au plafond, mais à la vérité, il est encore plus léger que tout à l'heure ! On le traverse presque, et un couinement géant retentit, tandis qu'un glapissement le finit. Alors seulement, je vois Yann effondré sur le lit. Une boule de poils me tombe des mains et le rejoint, parce que c'était Wilfried. Yann ne s'est pas métamorphosé, c'était juste son putain de chien qui ne le quitte jamais !

— Mais t'es complètement con, Bert' ! Tu l'as blessé !

— Beuh, c'est toi qui es complètement con de lâcher ton chien sur moi, j'ai eu super peur !

D'un coup, la porte de la chambre s'ouvre. Barbec et Vacaresco entrent et le premier a l'air d'avoir passé une nuit blanche. Avec Anca, il y a de quoi ! Pendant quelques secondes, il contemple les dégâts matériels, le lit déchiqueté sous le plafond défoncé, mais il n'a pas l'air horrifié. Le châtelain reste indifférent, presque content. Puis, il s'avance vers la grande toile posée contre le mur, la grande toile que j'ai laissée complètement vierge ! Argh, le maître des lieux va me virer à coups de pied au cul, avec un chien mort et un ami limité pour tout bagage dans la forêt !

— *Vous pas faire le toile ?*

— Je n'ai… pas eu le temps, M. Barbec ! Y a mon ami, là, Yann, qui est venu me rendre visite ! Il m'a perturbé dans mon travail, ce n'est pas de ma faute !

Yann, son chien dans les bras, dément absolument. Vacaresco a esquissé un sourire quand il m'a vu bafouiller mes excuses, mais son visage s'est neutralisé au moment où il a vu mon ami. Vacaresco s'avance vers le gros militaire :

— M. Yann, je vous avais dit que les chiens n'étaient pas acceptés dans les chambres, et pourquoi n'êtes-vous pas resté dans vos propres quartiers ?

— Bordel, mais arrêtez de me harceler, tous ! Je m'inquiète pour Wilfried et j'ai la gueule de bois. Je me suis juste trompé de chambre hier soir, j'étais bourré, voilà !

Voilà ? Mais il est gonflé ! Il serait arrivé pendant la nuit ? Impossible ! Je m'apprête à demander de vraies explications lorsqu'un applaudissement tonitruant retentit dans la chambre. C'est M. Barbec devant la toile vide, un large sourire au travers de ses joues flasques. Est-ce qu'il se fout de moi ? C'est quoi cette ironie ? D'un coup, il se baisse et ramasse un vieux carnet.

— Hé mais, M. Barbec ! C'est à moi, ça ! Rendez-le-moi !

Yann soupire, pfff.

— *Je savais que vous pas vraiment artiste. Vous deux suivre moi.*

Yann dépose son chien en ruines sur mon lit en ruines, bonjour l'hygiène ! J'espère bien qu'on va changer de chambre, que Barbec n'est pas en train de nous foutre à la porte ! Mais je crains le pire, j'ai l'impression d'aller à l'abattoir. Tandis que nous avançons dans les couloirs interminables, Yann me chuchote :

— Bert', écoute-moi. Je suis venu pour te sauver. Tu m'entends ?

Il y en a qui n'ont vraiment honte de rien…

— Ah ouais ? Ben pour l'instant, on va dire que t'as légèrement foiré !

— Tu es en danger ici, Bert'. Dès que nous serons seuls, je t'expliquerai comment t'échapper. J'espère juste que je n'aurai plus autant mal à la tête.

Yann le planqué qui se sacrifierait ? Je n'y crois pas une seconde. Il me balance une demi-vérité pour que je gobe l'ensemble, mais je ne suis pas si con ! Je ferai tout l'inverse de ce qu'il préconisera… Les vrais amis, c'est dans ce genre de circonstances qu'on les reconnaît, et moi je ne tiens pas à me rendre compte trop tard que j'ai été dupé. J'acquiesce, puis je change de sujet pour gagner du temps :

— Cet enculé de Roumain m'a piqué le carnet d'artiste de mon arrière-grand-père. J'aurais dû le planquer…

— Tu peux planquer tout ce que tu veux, Bert'. De toute façon tu es surveillé.

— Qu'est-ce que tu racontes ?

— C'est un classique, mon gars. T'as remarqué les gargouilles sur les portes ?

Je sursaute au moment où il me demande ça, puis j'acquiesce.

— Il y a des caméras dedans. Ça permet de surveiller l'intérieur de chaque pièce, en plus du couloir. C'est le premier truc que j'ai remarqué quand je suis arrivé dans ma chambre.

— La vraie question, c'est : qu'est-ce que t'es venu foutre dans la mienne, de chambre ?

— Je devais te retrouver, mais j'étais déboussolé. Y a eu des, heu, des filles dans les couloirs, elles m'ont invité, elles m'ont fait boire. Merde, je crois bien que j'ai claqué toute ma paye…

J'ai la haine, cet abruti vient de passer la nuit dont je rêvais ! On continue d'avancer dans les couloirs, mais je n'ai plus l'impression qu'on se dirige vers la sortie : on finit par descendre des marches, j'espère que M. Barbec ne va pas nous torturer dans une cave ! Entre nous, il ne vaudrait mieux pas qu'il s'y essaye.

Nous ne sommes que quatre, deux contre deux, et moi qui peux me battre contre dix. Je pourrais tous les blesser bien plus facilement que Wilfried, peut-être même les tuer, ou au moins les séquestrer. Alors, je profiterais seul du château et de ses charmantes habitantes !

Quand on arrive enfin tout en bas, je m'aperçois que j'ai eu tout faux. Une dizaine d'hommes de main aux tronches patibulaires nous attendent, ils arborent des costumes trois-pièces et des flingues. Je peux éventuellement me les faire, j'ai bien exécuté sans problème toute une bande de racailles, mais je sens bien que là, ça va être légèrement plus compliqué. On n'est plus face à l'amateurisme des désœuvrés, on bascule dans le professionnalisme de la mafia ! Nous nous trouvons dans une salle d'entraînement : je vois des punching-balls partout, des mannequins en mousse, et même des trampolines ! J'espère que Yann et moi, on ne va pas s'ajouter à tout ce matériel ! Tout le monde s'aligne devant Barbec, sauf nous, pauvres Français qui ne comprenons rien aux codes étrangers. Le vieux hibou brandit à nouveau le carnet de mon arrière-grand-père, bordel, il pourrait faire un peu gaffe ! Ce petit livre en a vu d'autres, mais c'est une antiquité ! Barbec déclame une phrase hypersolennelle. Vacaresco traduit, imitant au mieux la tonalité de Barbec, on dirait presque une parodie :

— Ceci, chers amis, est le carnet du diable.

Prrr.

Bordel, c'est Yann qui commence à pouffer. Tous

les regards se dirigent vers lui et je vois bien qu'il tente de reprendre son sérieux, mais ses lèvres tremblent et une larme coule au creux d'une de ses orbites. Bon, quelque part, je le comprends : on se croirait dans une mauvaise série B. Mais c'est bien la réalité, alors s'il te plaît, Yann, ne donne pas l'impression que tu manques de respect ! Barbec reprend et Vacaresco traduit :

— Le carnet du diable a fait venir jusqu'ici ce *desmodus rotundus* français, ainsi que son ami le lycanthrope.

Moi-même, je vous avoue que je reste estomaqué. *Desmodus rotundus*, qu'est-ce que c'est ? On dirait le nom scientifique d'un foutu papillon ! En revanche, lycanthrope je connais. Est-ce que ce vieux grigou essaye de filer la métaphore ? Yann cogne son coude contre mes côtes :

— Hé, c'est quoi « lycanthrope » ?

— C'est un loup-garou, Yann. Ils disent que tu es un loup-garou.

Yann se cabre d'un coup. L'air vexé, il bafouille :

— Loup-garou, heu, c'est quoi cette insulte ?

— Ben moi je serais un *desmodus machin chose*, tu crois peut-être que c'est mieux ?

Le vieil ogre comprend nos interrogations et se donne la peine de parler en français :

— *Le desmodus rotundus, c'est être le chauve-souris. Le chauve-souris taille d'humain qui manger les méchants.*

— Batman ? Je ressemble à Batman ? Bruce Wayne ?

— *Non, non, pas Batman. Voiedvod Vlad Basarab. Vlade Tepes.*

— Quoi ?

Vacaresco se permet d'intervenir :

— Vlad Tepes signifie Vlad l'empaleur. Plus connu dans la littérature occidentale sous le nom de Comte Dracula.

— Je suis… un descendant de Dracula, c'est ça que vous dites ? Mon arrière-grand-père était Dracula ? Jamais entendu parler de ça pendant les repas de famille…

Dans la lumière tamisée de la cave, je me rends compte que tous les hommes de main roumains m'observent fascinés. Ils ne paraissent pas apeurés, plusieurs affichent même un petit sourire au coin des lèvres. Ont-ils bien compris ce que leur maître vient juste de déclarer ? J'apprécie moyennement qu'ils se moquent de moi, alors je gesticule devant eux et les harangue :

— *I am Vampire ! I am Vampire !*

Un signe à Barbec qui acquiesce, et dix canons se tournent vers nous. Tous les Transylvaniens viennent de sortir l'artillerie ! Sans prévenir, ils se mettent à tirer, mais je m'y attendais. Encore une fois, la scène se passe au ralenti, un sixième sens s'active dans ma tête et je saute sur Yann pour qu'on échappe aux rafales. On effectue des roulés-boulés au gré des feux d'artifice de poussière, ils nous poursuivent au son des TAC TAC TAC TAC TAC TAC ! Quand notre élan prend fin, je pousse mon ami contre le mur et bondis vers le haut. Les tirs continuent d'épouser mes mouvements et des morceaux de plafond tombent sur le sol comme des stalactites dans un tremblement de terre. Un bloc s'effondre sur un ennemi, alors je m'occupe des autres. Je plonge et mes bras écartés tranchent deux gorges tandis que mes crocs en agrippent une troisième. Les tirs s'entremêlent aux cris et je savoure comme un grand cru cette symphonie destructrice. D'autres balles dansent autour de moi et je bondis, je rugis, puis je m'élance depuis le mur pour atteindre d'autres chairs à saigner. Je me sens vraiment bien… Mais j'entends un déclic à côté de moi. Le bruit d'un fusil qu'on recharge, CRING CRANG ! Merde, il est déjà trop tard, l'homme presse la détente ! Seulement, le coup part dans le vide, je sens son souffle à quelques centimètres de mon oreille assourdie. Yann vient de me sauver. Un Yann déchaîné, plus brutal que jamais. Il a fondu sur ce lâche pour l'immobiliser, avant de séparer la tête du tronc de sa victime.

Des paroles roumaines commentent nos prouesses, celles du maître et du secrétaire restés sur côté. Dans la pagaille sanglante, les spectateurs ont su garder leur calme, ils n'ont rien loupé du carnage et semblent se délecter du dernier sacrifice. Sous les applaudissements de Barbec, Vacaresco nous explique que nous allons sortir de la cave, et enfin parler affaires.

4

> « Certaines personnes sont nées humaines. Mais pour nous… »
> D'une certaine façon, nous sommes tous semblables. Un bref regard nous suffit pour reconnaître des crottes de nez séchées. On identifie tout de suite ce contact collant, sous les chaises et les tables.
>
> Chuck PALAHNIUK, *Peste*

Sur le chemin du retour, les prostituées nous acclamaient, nous faisaient des clins d'œil et puis nous accompagnaient, les fesses à l'air tout le long des couloirs. Barbec criait des litanies de victoire, et de plus en plus de filles sortaient pour assister au retour des héros. J'ai aperçu Anca, elle paraissait apeurée par nos nouveaux visages. Yann regardait dans le vide, et moi, j'essayais de débarbouiller mon visage rougi. À notre passage, une porte s'est ouverte et un petit vieillard a rejoint les acclamations de la foule. Je l'ai tout de suite reconnu à ses petites lunettes, ses tongs et sa chemise à fleurs. Docteur Markus, comment allez-vous ? Parfaitement bien, mais il s'inquiétait pour mon ami. Yann semblait déprimé, probablement assommé par les révélations lycanthropiques. Apparemment, le psychanalyste hongrois l'avait ausculté dès son arrivée au château. Yann prétendait avoir traversé l'Europe entière à pied, puis passé plusieurs heures dans la forêt, à se repaître d'animaux. Markus lui avait diagnostiqué une forme aiguë de délire narcissique, et visiblement, son cas ne s'arrangeait pas. Le docteur s'est évanoui dans la foule, et Barbec nous a amenés jusqu'à notre nouvelle chambre. « *Vous reposer vous. Demain grosse journée.* » Alors j'ai vu les filles partir, laissant place à l'immonde gargouille qui allait nous enfermer. La tête vide, j'ai décidé de m'abandonner à mon sort, l'esprit plein de regrets.

Yann s'effondre sur son lit, mais moi, je n'arrive pas à dormir. Wilfried m'a rejoint sur le matelas, en triste état. Une odeur de charogne se dégage de ses plaies ! En s'agitant, il saupoudre des morceaux de croûtes sur mon oreiller, c'est horrible ! Alors, lorsqu'il me lèche la joue, je me sens vraiment trop dégoûté. Me lève et me dirige vers la fenêtre, peut-être que je peux échapper à tout ça ? Des barreaux me barrent le passage, mais je les écarte sans difficulté avec ma force de *desmodus rotundus*. Je sors et m'accroche à la solide paroi du Moyen Âge. Dehors, l'épaisse bruine me rafraîchit la peau et je me sens mieux respirer. Lorsque je lève la tête, je vois le haut de la tour disparaître dans le ciel orageux, et c'est vertigineux. J'agrippe les agrégats de pierres poussiéreuses, je peux me balader allègrement sur la muraille. Est-ce que je vais vraiment réussir à m'échapper ? Je m'apprête à me précipiter, mais une meurtrière attire mon regard. Je reste comme fasciné par ce trou sombre. Je me rapproche et me penche dans la béance. Qu'est-ce qui peut bien s'y cacher ? Je plisse les yeux pour percer l'obscurité, mais c'est bien trop opaque. Hé ho, il y a quelqu'un ? Lorsque je m'enfonce un peu plus dans le renfoncement inquiétant, deux yeux rouges apparaissent et de gigantesques crocs blancs m'aboient dessus.

Je me réveille encore en sursaut, étendu dans le noir. Mince, ça paraissait tellement réel ! Je bondis de mon matelas et cours à la fenêtre. Les barreaux sont intacts… Je les saisis et tente de les écarter à nouveau. Je n'y arrive pas. Les cylindres de fer n'ont pas bougé d'un iota ! Qu'est-ce que ça veut dire ? Je n'ai plus de force ou quoi ? Ou plutôt, tout était faux. Je n'ai jamais pu courir sur les murs, et mes accès de violence n'avaient rien d'inhumain. Le champagne m'est juste monté à la tête… J'entends du mouvement derrière moi. Je crois bien que j'ai réveillé Yann, son ombre se dresse de l'autre côté de la pièce.

— Désolé mec, j'ai fait du bruit. Mais je me réveille d'un drôle de cauchemar, figure-toi !

Il s'approche sans répondre et ses yeux luisent dans la pénombre, exactement comme dans mon mauvais rêve !

— Euh, Yann, c'est bien toi ?

Mes yeux s'habituent peu à peu, et je vois les contours de son visage. Les contours canins et terrifiants ! Et les crocs s'ouvrent, et je n'entends qu'un grognement vociférateur, ses poils se dressent de partout ! Ce n'est pas Wilfried, cette fois, c'est bien Yann dressé sur ses deux jambes énormes, il gesticule de ses bras comme pour une danse maudite, la danse de la mort, et il veut que je l'accompagne ! Tout ce que je craignais se vérifie, Barbec avait raison ! Mon ami se transforme en monstre, et ses hurlements sont de plus en plus terrifiants, je me mets à trembler. Pris de spasmes de rage, le lycanthrope titube sur ses pattes de bipède, on dirait presque qu'il pleure. Je recule, mais la bête me prend de vitesse, elle fond sur moi ! Je la sens à présent contre mon torse, qu'est-ce que je peux faire ? Tirer sur ses oreilles ? Je n'ai plus le temps de réfléchir, ses dents s'avancent vers moi. Il va me croquer, j'aperçois déjà ses babines qui s'agitent :

« Beuheuheu, Bert' ! Il est mort ! Il est moooooort ! *Snurf !* »

Euh, c'est sa voix normale, là ! Qu'est-ce que ça veut dire ? Il reste un peu de Yann derrière le masque bestial ? Je regarde mieux, et sous les poils, les moustaches et les oreilles rabaissées, je vois bien sa sale tronche de grosse brute !

— Yann, mais ! T'es à demi métamorphosé ! Concentre-toi, il faut que tu reviennes à la normale ! Surtout, essaye de ne pas me bouffer !

— *Snurf*. Arrête de déconner, Bertrand. C'est vraiment pas le moment !

— Toi, arrête de déconner ! Tu ne te rends même pas compte, est-ce que t'as vu ta gueule ? T'es bien un lycanthrope, Yann ! T'es vraiment un putain de loup-garou ! Oh, méfie-toi, parce que ça veut dire que moi… ?

Yann me saute dessus, il serre de plus en plus les dents. Merde, ça y est ! Je suis mort, il a atteint le dernier stade de la mutation et il s'apprête à me dévorer. Adieu mes rêves de gloire, j'ai lutté toute ma vie pour mon art, et maintenant je vais crever. Si près du but dans le pays des putes ! Des millions d'artistes maudits ont péri dans la fleur de l'âge, je m'en vais les rejoindre dans le grand Valhalla. Ce monde puait l'injustice, je ne regrette rien et j'aspire à d'autres cieux, là où il n'y aura pas de tricherie. Avant de quitter ce monde, le loup-garou m'adresse ces derniers mots :

— Je me fous de ce que tu penses, Bert' ! Moi j'aimais Wilfried, et c'est le meilleur moyen que j'ai trouvé pour lui rendre un dernier hommage, il ne sera pas enterré en terre étrangère !

Attendez. J'espère que. Non. Pourquoi il me parle de Wilfried ?

— Yann, ne me dis pas que…

— C'est une cérémonie familiale, Bert' ! À leur mort, mes ancêtres dépeçaient leurs animaux de compagnie, puis ils enfilaient leur carcasse. Ils jouaient ainsi des espèces de pièces de théâtre en leur honneur, c'était un rituel païen. Wilfried a succombé à tes coups, mais je ne t'en veux pas, Bert'. Je sais que tu vis une période difficile…

Quelle horreur ! Je regarde mon lit et aperçois le creux dans le matelas, une vraie bassine de sang ! Je crois que j'aurais préféré la version lycanthrope ! Yann s'éloigne et débute une transe vaudoue, carrément habillé dans la charogne de son chien ! Il danse et se frotte la pelisse le plus naturellement du monde… Je n'en peux plus de ce pays de barjots, la marionnette de viande continue de danser et je trouve ça très malsain ! Heureusement, elle est stoppée net par la porte qui s'ouvre. Vacaresco apparaît, il faut que nous l'accompagnions.

Longue procession de 4 × 4 dans la forêt de Transylvanie, on croirait une parade de l'armée russe. Barbec ne lésine sur rien, apparemment, son business semble tourner à plein régime ! Nous roulons sous une pluie violente et Yann tient à garder sur lui son manteau de charogne. Ouvrez les fenêtres, pitié, cette puanteur va m'achever ! Les Roumains en armes et costards tirent une tête bizarre sur les autres sièges. Cette fois, ils ont bien l'air effrayé. Notre voiture s'arrête, et ils se battent pour sortir en premier. Tous courent le plus loin possible de nous, mais moi j'accompagne le mouvement général pour retrouver un peu d'air. Je fuis la putréfaction de l'homme-loup ! Alors, les armes se braquent sur moi… Du calme, je n'allais pas m'enfuir ! J'essaye de pointer Yann du doigt, mais les canons redoublent de proximité. Chacun de mes mouvements apparaît comme un danger. Maîtrisez-vous, les gars !

Yann arrive dans son costume de Wilfried, et

Barbec s'extirpe de son propre 4 × 4. Sortant de nulle part, Vacaresco apparaît avec un parapluie, lévitant autour de son maître pour le protéger du déluge. On entrevoit une vague lumière au loin, les costards-cravates hurlent pour qu'on avance sous les arbres. Le bout d'un fusil s'enfonce même dans mon dos, hé c'est bon, on y va ! Des lampes torches s'allument et je me fonds dans la horde agressive. Au moindre écart, je risque de me prendre une balle, mais je tente quand même de me rapprocher du grand chef. J'ai peur qu'on nous exécute un peu plus loin, alors je vais essayer de l'amadouer :

— Hé, M. Barbec ! M. Barbec !

Il se retourne vaguement, les yeux suspicieux.

— *Da ?*

— Heu, M. Barbec, c'est sympa, vraiment très sympa, cette balade en forêt. Mais je commence à avoir un peu froid, vous savez. Si je tombe malade, je serai moins productif ! Quand est-ce qu'on retourne au château ? J'ai plein d'idées de tableaux, vous ne serez pas déçu !

— *Hahaha. Plus peinture. Mission pour vous. Plus rien à voir.*

— Okay mais après, il faudra que je m'y mette, hein ! Vous savez, l'inspiration, ça ne se commande pas, il faut en profiter quand…

— *Plus peinture je dis vous ! Plus peinture jamais ! Jamais ! Tu comprendre ?*

Mais merde, pourquoi est-ce qu'il me gueule dessus comme ça, le vieux con ? Je ne suis pas le seul à me le demander. Tout le monde sursaute et les fusils se braquent un peu plus sur ma pogne. Barbec secoue les doigts d'un air las, laissez, laissez… L'espèce d'enfoiré ! J'ai fait le voyage depuis la France pour me mettre à son service sans rien demander, et voilà qu'il me fait patauger dans la boue et qu'il me ridiculise ! Je vous jure, il ne perd rien pour attendre… Je lui lance un regard de défi intense, je grossis exprès le trait pour qu'il ressente toute la puissance de ma haine. Alors, Barbec sursaute et ses yeux s'écarquillent. Ses lèvres se sont mises à trembler, je crois que mon air l'a profondément choqué. C'est tant mieux ! Qu'est-ce que tu croyais, vieux débris ? Que j'étais totalement inoffensif ?

Heurk !

Merde, il fait sombre d'un coup. Je me retrouve étalé sur le ventre, nez dans le sol et visage tout spongieux. Qu'est-ce qui s'est passé ? J'ai mal derrière le crâne… Ça parle roumain dans tous les sens, un brouhaha insupportable, mais arrêtez ! « Hé, ho, Bert', ça va ? » Et cette voix que je ne connais que trop bien, laissez-moi crever. « Tu t'es pris un sacré coup, Bert'. Ces gens sont armés, faut pas faire n'importe quoi. » Mais fous-moi la paix, Dog-Man ! Je lui demande quand même, qu'est-ce qui s'est passé ? « Fallait pas menacer Barbec comme ça ! T'es con ou quoi ? Un gars t'a foutu sa crosse de fusil derrière la tête, tu t'es écroulé direct. » Pfff, j'en ai marre des mafieux… Je redresse la tête et de la terre humide dégringole de mes joues, mes cheveux sont recouverts de feuilles mortes. Lorsque j'arrive à m'agenouiller, je regrette presque de ne plus faire l'autruche : un spectacle horrible s'offre à moi : deux gars assis sur des sièges en plastique, sanglés et ensanglantés ! Ils ont l'air de souffrir en silence comme le Christ sur sa croix, têtes baissées. Tout autour, les costards roumains leur gueulent dessus. C'est quoi, ce cirque ? Dans un coin, Barbec me regarde avec un petit sourire de pervers. D'un coup, il rit et s'adresse à nous :

— *Haha ! Maintenant, vous transformer monstrus et mijoter pour eux raconte tout ce qu'il sait !*

Vacaresco ajoute :

— Vous avez le choix de la méthode, le but étant de leur extorquer un maximum d'informations.

— Méthode ? Quelle méthode ? Mais de quoi vous parlez ?

— De torture, voyons. M. Barbec vous a fait venir pour ça.

— On va quand même pas les torturer, ils sont déjà en train d'agoniser !

Yann ne dit rien, comme s'il se soumettait sans problème à cette idée. C'est une question de hiérarchie, cet abruti s'est toujours soumis à l'autorité ! Et moi qui m'y suis toujours opposé, je me retrouve dans le même bateau, non mais quelle injustice ! Comme nous hésitons, Barbec recommence à s'agiter :

— *Monstru ! Monstru !*

— M. Barbec veut que vous vous transformiez en monstres pour être plus efficaces. Cela va sans dire.

De quoi, en monstres ? Mais c'est des conneries, ça, on peut pas ! On a peut-être fait semblant un moment, on s'est un peu emportés, mais qui peut croire à ces foutaises ? Pfff, les superstitions d'Europe de l'Est, quelle plaie ! Yann a l'air de se poser moins de questions, il avance vers les demi-macchabées puis leur tourne autour, toujours drapé dans sa ridicule cape de chien-charogne. Il prend un air supersérieux, en plus, il s'y croit ! Il va recommencer sa transe ou quoi ? Une paume s'aplatit sur mon épaule, c'est le gros débris qui se montre insistant : « *Vampir ! Vampir !* » Il n'en démord pas, le crétin. J'ai presque envie de rigoler, mais le CRING CRING chargement d'une mitraillette juste à côté de moi me donne un formidable élan pour entrer dans mon rôle. Je m'avance courbé avec les lèvres recourbées, je montre mes dents et mes gencives, doigts crochus devant moi comme un tyrannosaure. Yann, dans son faux déguisement de loup-garou, se met à grogner et à faire de grands gestes, les victimes attachées se regardent l'une et l'autre, deux visages ensanglantés à l'air plutôt perplexe. Et moi qui en rajoute en arrivant comme Quasimodo, effet garanti ! Les troubadours sont arrivés, les gars, et ils vont bien vous faire marrer ! C'est pour la double contrainte, vous allez voir, on en connaît l'efficacité : la vraie violence sanglante par les costards roumains, puis les comiques français pour tout alléger, c'est clair que vous allez perdre vos repères ! La douceur d'une bonne blague après le hurlement du nazi, de quoi devenir fou, et on ne va pas vous ménager.

Sauf que Yann prend vraiment son rôle au sérieux, il intervertit tout et se met à gueuler en français : « Alors, vous allez parler, oui ? Grrrr, vous allez parler ? » Les gueules torturées ne savent vraiment plus comment réagir, mais il semblerait que le rire l'emporte ! Je crois que c'est juste la langue française qui les fait exploser, les intonations bizarres dont ils ne saisissent que le burlesque. Forcément, ça la fout mal ! Yann se retourne vers Barbec dont le visage s'est allongé comme un concombre. Ça, on peut dire qu'il est déçu, et il y a plutôt de quoi ! Mais imaginez seulement dans mon cas. Je devrais être en train de peindre comme un bienheureux, et au lieu de ça, je tombe malade dans la forêt humide ! Ai-je seulement une chance de réintégrer mes quartiers, plutôt que de faire le guignol ? Je n'ai pas le choix, je dois tenter ce bluff. Et dans le doute, je vais m'appliquer.

Je m'approche lentement des deux rigolards, il faut que je garde un air impassible. Que ça fasse sérieux ! Pour l'instant, ils ne me regardent pas, mais ils vont voir ! Surtout, ne pas parler français. S'ils se foutent de ma gueule, je serai trop déstabilisé. Barbec me prend pour le digne descendant de Vlad Tepes, il faut bien que je donne le change ! Je m'arrête et je les fixe, eux continuent de rire et de converser en roumain, je devine un échange du style : « Hahaha, mais qu'est-ce qu'elle est ridicule, leur sacrée langue de métèques ! Heureusement que nous sommes nés à l'Est, que nos moindres phrases du quotidien sont à la fois chantantes et pleines de solennité ! » Mais merde, ils se croient au bistrot ? Je garde mon calme, je reste devant eux, droit comme un piquet. L'eau me dégouline des sourcils, mais je prends sur moi. De toute façon, plus ils vont me faire poireauter, plus ça va leur revenir dans la tronche, moi je m'en fous ! Yann me regarde sous ses oreilles pointues, ses yeux interrogateurs semblent me supplier de trouver une solution pour accomplir la mission. Les rires roumains continuent d'envahir mes propres oreilles, et la pluie continue de dégouliner sur mon visage, ça va venir. Les nerfs ne sont pas infinis, et dans certaines conditions, ils peuvent se griller en une fraction de seconde. Ça vient. Je prends mon inspiration. Les rires s'arrêtent d'un coup et ce n'est pas de la télépathie ! Juste le bon sens qui va les marteler.

J'agrippe le cou du premier enfoiré, il ne rigole plus du tout entre ses lèvres coagulées ! Ses yeux s'exorbitent et sa détresse me fascine. Basculement des sentiments, fils de pute ! Nouvelle contrainte dans ta tronche, tu vas regretter d'être né ! Ses poumons se vident et je le maintiens pendant plusieurs secondes, son visage rougit. Je voudrais qu'il explose ! Alors, il se remet à déblatérer en roumain, mais d'une voix étranglée, elles sont loin les grosses blagues ! Quand je vois ses paupières se contracter d'épuisement, je le balance en l'air avec sa chaise en plastique, sa grosse tête traverse une dizaine de branches qui retombent sur nous en menues déflagrations, la pluie intense se mêle à une bruine de sang. Je l'ai lancé de toutes mes forces, quand va-t-il donc retomber ? Nous sommes censés l'interroger… Je guette sa chute et ouvre les bras pour le réceptionner.

Problème, Yann arrive et s'en mêle ! Je crois bien qu'il a pris ma posture pour un signal : il m'adresse un clin d'œil, puis s'accroupit quelques secondes, sourire en coin sous sa fausse gueule édentée. Là, il bondit dans les airs et son ascension paraît sans fin. Tout le monde lève la tête, on aperçoit sa silhouette se rapprocher du nouvel homme canon. Puis, parmi les cris aériens, on observe des mouvements violents. Les bras et les jambes de Yann, comme sous stéroïdes, font des allers-retours pour balancer des coups qui décapent. Alors, le point dans le ciel se décompose, et tout retombe en morceaux. C'est Yann dans sa pelisse qui retombe en premier, bien plus lourd que sa proie pulvérisée. Jambes accroupies sur la terre fissurée, il continue de sourire tandis que, dans les feuilles mortes, retombent les indénombrables parties du cadavre. D'abord la tête, puis une main, puis un pied, le torse, le cou, et enfin les différentes composantes de la chaise en plastique. Le sol devient rouge, et la pluie ne parvient plus à l'estomper. Tous les regards se reportent d'un coup vers le deuxième condamné. Sa gueule béante reste figée quelques instants, puis il se met à hurler des aveux, je crois qu'on a réussi. Il parle à toute vitesse, débitant dix mille confessions hallucinées. Barbec sourit à nouveau. Nous pouvons retourner au château.

Dans le 4 × 4 en sens inverse, Yann a toujours l'air content, mais moi je ne sais plus quoi penser.

— On a réussi, Bert' ! On devait faire parler les Roumains, et on l'a fait ! T'es pas heureux qu'on soit en vie ?

— Super, Yann. Vraiment, c'est génial. J'ai toujours rêvé de faire partie de ce milieu hyper dangereux appelé la mafia roumaine ! J'en ai toujours rêvé, tu sais quoi ? J'ai vraiment envie de me faire trouer la peau, et surtout, cerise sur le gâteau, je suis tellement heureux qu'on soit devenu des putain de monstres !

— Bert', il faut que je te dise quelque chose, mais tu ne dois pas flipper…

— C'est vraiment l'extase ! Et je suis content qu'on partage ces révélations tous les deux, Yann. Tout ce que je craignais s'est vérifié, tout ce qu'annonçait le carnet de mon ancêtre, tout ce que Barbec espérait !

— Bert'…

— Et moi qui m'acharnais à devenir un artiste, moi qui affrontais sans relâche le snobisme et la clochardisation ! Je croyais que je forgeais mon œuvre, mais en réalité, mon futur était déjà tout tracé ! Nous sommes bel et bien des monstres, Yann, programmés pour tuer, c'est ça la vérité !

— Bert', bordel !

— Quoi ? Qu'est-ce qu'il y a ?

Yann se triture les mains, les yeux baissés comme s'il allait se lancer dans des confessions inavouables. Même les Transylvaniens restent suspendus à ses lèvres. Un silence terrible pèse sur le 4 × 4, puis il poursuit :

— Tout ce que tu as vécu récemment a une explication, Bert'. Aucun de nous n'a choisi cette situation.

— Mais qu'est-ce que tu radotes encore, sous ta mâchoire de clébard ?

Je crois que je l'ai vexé, mais le moment semble

trop important. Il respire un grand coup, puis me demande :

— Est-ce que tu te rappelles notre rencontre à la fac ?

Tu parles que je m'en souviens ! J'étais en train de constituer minutieusement mon plateau devant les plats du restaurant universitaire, quand ce gros lard a trébuché derrière moi. Il s'est écroulé de tout son poids sur mon repas, désolé, puis il s'est proposé de me dédommager. Nous avons déjeuné ensemble, entamant le début d'une longue relation plus ou moins enrichissante.

— Pourquoi tu me reparles de la fac, Yann ? Ça remonte tellement !

— Notre rencontre n'avait rien de fortuit. Maintenant je peux te l'avouer : on m'avait envoyé pour te surveiller.

Même s'ils ne comprennent rien, tous les Roumains armés gardent leur air grave autour, mais moi je ricane :

— N'importe quoi ! Me surveiller, moi ? Mais pourquoi ?

— Parce que Barbec a raison, Bert'. Ton arrière-grand-père était un vampire, même si le gène a par la suite disparu sur plusieurs générations. La DGSE s'est intéressée à ton cas lorsque tu es devenu adulte, et leurs doutes se sont très vite confirmés. Leur plus grande crainte, c'était que des groupes mal intentionnés te récupèrent et se servent de tes pouvoirs pour orienter leurs projets.

Du genre basses besognes pour le compte de Farid

ou de Barbec, on peut dire qu'ils ont mis dans le mille ! Mais je me demande si Yann ne se fout pas de moi avec son élocution solennelle et son affliction de circonstance. Je surveille le mouvement de ses lèvres et espère qu'à un moment, il va exploser de rire :

— Dis-moi que tu me fais marcher !

— Tu es un vampire, Bertrand. Je suis vraiment désolé...

Mon cerveau effectue un salto et tout le film de ma vie défile dans mon crâne. Je revois mon enfance frêle, mon adolescence seule et ma misanthropie de jeune homme. Je comprends mieux que mes parents m'aient plus ou moins renié. Je comprends mieux mes difficultés relationnelles et mon inadaptation maladive. Surtout, je comprends mieux pourquoi j'ai suivi la voie de mon ancêtre, cette force supérieure qui me happait. D'une certaine façon, j'ai l'impression qu'on m'a volé ma vie, et j'ai envie de pleurer. Mais attendez...

— Alors, toi aussi, tu en es un ? Tu as les mêmes pouvoirs que moi !

— Non, Bert'. Il existe bien d'autres vampires sur la planète, tu n'es pas seul. Mais pour moi, c'est différent.

— Tu es un loup-garou ?

Ça y est, il explose de rire ! Nos voisins de sièges sursautent et se regardent les uns les autres, ahuris. Moi-même, je ne comprends plus rien :

— Ben quoi ?

— Un loup-garou ? Mais ça n'existe pas, Bert' ! Ça n'a jamais existé !

— Pourtant, je t'ai vu…

Il sourit tristement, puis se baisse et tend les doigts vers ses semelles. Je ne sais pas ce qui lui prend, mais nos gardes armés se remettent en alerte. Le moteur continue de vrombir, le paysage boisé défile au travers des vitres et plusieurs fusils se braquent sur Yann. Très doucement, il relève ses bras et les hisse vers le plafond du 4 × 4. Lorsque la tension retombe et que les canons se baissent, ses mains en font autant et il ouvre ses paumes sur de minuscules cylindres en plastique. Tous les Roumains se penchent pour observer ce tour de magie, le spectacle continue à l'intérieur de la voiture !

— Ce sont… des pilules ? Pourquoi tu caches ça dans tes rangers ?

— Pas n'importe quelles pilules, Bert'. Elles m'ont été fournies par la DGSE, pour ma propre sécurité. Suivre un vampire n'est pas sans danger, je suppose que tu saisis. Ce médicament me transforme en supersoldat, il me donne la force d'un loup-garou. Mais je suis bien humain, tu comprends ?

— Attends, pourquoi tu me reparles de la DGSE ?

— Je te l'ai dit, Bert' ! Je travaille pour eux depuis qu'on se connaît !

— Mais tu n'étais pas employé aux archives ?

— C'était une couverture, ça ! En réalité, je suis ton agent traitant…

Yann m'a toujours insupporté, je l'ai toujours considéré comme un ami au rabais. En vérité, c'était bien pire ! Notre relation n'aura été qu'un vaste jeu de rôles. Cet imposteur m'a dupé depuis le début ! Je croyais contrôler des mondes imaginaires, mais c'était Yann, le vrai maître de la fiction. Même avec mes superpouvoirs, je n'ai rien pu contrôler. Quel échec ! Je fixe les pilules dans sa main, et je reconsidère toute ma vie. Un beau gâchis ! J'aimerais tellement retourner en arrière et accomplir mon destin, sans avoir eu à perdre toutes ces décennies... Je fixe les pilules, et une question me vient :

— Pourquoi est-ce qu'il y en a différentes sortes ?

Un air coupable traverse les pupilles de Yann. Bah quoi ? Il y a plusieurs couleurs, je veux connaître le détail !

— Les rouges t'étaient destinées. Je les ai versées des milliers de fois dans tes plats, d'abord à l'université, puis dans les restaus que je te payais. Lorsqu'on allait boire des coups, je les saupoudrais dans ta bière. Oh, ne t'inquiète pas, ce n'était pas pour que tu te transformes comme moi. Au contraire, les pilules rouges enrayent ta mutation de vampire. Je devais te surveiller et te canaliser, mais ton métabolisme a fini par gagner...

— Tu m'as... drogué ?

— C'était pour ton bien, Bert'. On ne fait pas d'omelettes sans casser des œufs !

Pour mon bien, pour mon bien... Toutes les dictatures se façonnent au nom du bien, c'est trop facile ! Un vertige infini essore ma boîte crânienne, j'ai l'impression qu'un gouffre vient de me happer. Parce que je me rends compte ! Non seulement, ma vie peut se résumer à un gigantesque mensonge, mais il y a pire : sans Yann, sans la DGSE et sans l'État français, j'aurais pu m'épanouir en vampire ! S'ils m'avaient laissé muter, tout aurait pu changer ! Je ne me serais jamais avili dans cette existence minable, j'aurais clairement joui de la vie. Ils m'ont changé en sous-homme, moi, l'artiste maudit au destin de surhomme ! Je sens mon pouls s'accélérer dans mes tempes. La gueule enfarinée, Yann me demande si je veux bien lui accorder mon pardon, maintenant qu'il m'a tout avoué. C'est la phrase de trop, je lui saute à la gorge et les pilules s'envolent. Et je serre et je serre, mes doigts deviennent de plus en plus crochus au fur et à mesure que son cou grossit, et je me sens planer dans la lévitation du 4 × 4 tandis que ses yeux deviennent rouges. Si un jour, j'avais imaginé cette scène... Entre ses dents pointues de loup déchu, j'entends un ultime grognement :

— Bert', fais pas de conneries, on peut encore s'échapper !

— Moi je vais m'échapper. Toi, tu vas mourir ici !

— Derrière toi, Bert'. *Eurgh !* Les gars, ils vont te buter s'ils te trouvent trop dangereux !

Les mains toujours enfoncées dans les cervicales de Yann, je me retourne et constate qu'en effet, ils ont formé un peloton d'exécution autour de moi. Tous les Roumains ont brandi leur arme, à part le conducteur qui parle au téléphone. Merde, il va me dénoncer à Barbec ! Je lâche ma proie et me rassois sur mon siège. Regardez, je me calme ! À côté de moi, la tête de baudruche se dégonfle, Yann souffle et se masse le cou, tu parles d'un super soldat ! Il n'a pas dû prendre assez de pilules noires... Les armes se baissent et le téléphone raccroche. Par la fenêtre, je vois la fin du pont-levis. Le 4 × 4 l'a dépassé, nous venons juste d'arriver ! Lorsqu'il s'arrête et que la porte s'ouvre, Vacaresco nous attend déjà. Je prends les devants :

— Je ne sais pas ce que vous a raconté notre chauffeur, mais le voyage s'est superbien passé ! Aucun incident à déclarer !

Barbec s'extirpe maladroitement de sa propre voiture, arrive à notre niveau et s'écrie :

— *Nous avons entendre vous ! Nous cacher micros dans véhicule et attendre que vous parler secrets ! Vous pas décevoir nous, hahaha !*

Le secrétaire du grand patron me sourit bizarrement, il hoche la tête avec un air entendu que j'ai du mal à comprendre. Yann me chuchote :

— *Lui*, c'est un autre vampire.

— Vacaresco ?

— Oui. Barbec l'a recruté pour ça. Il peut reconnaître ses congénères et prospecter dans toute l'Europe pour constituer une armée. Du pain béni pour accomplir les plans de la mafia roumaine. Nous avons d'énormes dossiers sur lui à la DGSE.

Le bras levé vers le ciel, Barbec vitupère :

— *Vous arrêtez discuter, sinon, moi donner ordre tirer !*

En suivant la direction de son doigt, je m'aperçois que des snipers nous surveillent depuis le haut des tours. Une ribambelle de lasers rouges tourbillonnent sur nos torses. Ni moi ni le super soldat ne prendrons le risque de combattre ou de fuir. Sous l'artillerie de

Damoclès, nous rentrons au château. Une nouvelle page s'ouvre, encore trop opaque. Mon existence a été chamboulée.

Désormais, nous n'avons plus droit aux gigantesques chambres, ni aux gargouilles, ni aux prostituées. On nous a conduits dans les sous-sols du château, dans des cellules séparées. Deux chaînes rouillées retiennent la planche craquelée qui me sert de lit. Allongé, je ne me sens pas rassuré : l'humidité ronge le bois pourri, et de la mousse recouvre tous les murs. Est-ce qu'ils vont me laisser moisir ici ? Je ne veux pas prêter allégeance à Barbec, hors de question qu'il m'embrigade dans ses projets suspects. Je me relève, plisse les yeux et analyse la pièce dans l'obscurité. La vie de ces vieilles briques doit toucher à sa fin, je doute de leur résistance face à une bonne patate de vampire ! Alors, je prends mon élan, bondis et balance mon poing. Dans une explosion de poussières, mon bras disparaît pour moitié au creux de l'antique paroi, mais il n'y a pas que ça : une gigantesque vague m'arrive dessus, m'enveloppe et m'emporte. Sous la pression de l'eau, mon corps vient s'écraser sur le mur d'en face. Ma cellule commence à se remplir comme une piscine, je me redresse et barbote dans le courant trop fort, impossible de m'échapper ! Merde, qu'est-ce qui s'est passé ? Ils m'ont installé juste à côté des douves ! L'eau déferle et je ne peux même plus atteindre la porte blindée. Ouvrez ! Ouvrez ! Très vite, je recherche de l'air sur la pointe des pieds. Je nage vers la surface, mais bientôt, mon visage touche le plafond. Je n'arrive plus à respirer, c'est la fin.

Je ferme les yeux, arrête de m'agiter et commence à accepter mon sort. Mes muscles se relâchent, je me considère déjà comme noyé, mais quelque chose se passe. Toute l'eau se vide d'un coup, je tourbillonne sur moi-même et vois l'eau disparaître comme dans un siphon. Je me retrouve étendu sur le sol, badigeonné dans la poussière mouillée. À côté de moi, je découvre une espèce d'orque échouée. C'est Yann le super soldat ! Il a l'air inconscient, alors je me redresse et le secoue dans tous les sens :

— Yann ! Hé, Yann, tu m'entends ?

Sa respiration revient sans prévenir. Il halète et vomit une flaque d'eau, avant de me demander interloqué :

— C'était quoi, ça ?

— Rien, Yann, une simple erreur de plomberie ! Mais qu'est-ce que tu fous ici ? Comment t'as pu t'échapper ?

Il pose les mains sur le sol pour relever son énorme corps, puis souffle un gros coup en brandissant une petite machine en plastique cylindrique :

— Tu sous-estimes vraiment mon service, Bert'. Je n'ai eu qu'à ouvrir la porte, la DGSE m'a fourni toutes les clés du château. Cet appareil sert de passe-partout, c'est une nouvelle technologie. J'ai aussi les plans du château sur ce petit écran.

C'est super, mais j'aurais préféré que la DGSE nous envoie directement un hélicoptère de supersoldats, afin qu'ils nous délivrent et nous rapatrient…

Seulement, son genre de Game Boy me donne une idée :

— Tu me dis qu'avec ça, tu peux trouver toutes les pièces du château et les ouvrir ?

— Bien sûr ! Allez, maintenant on s'en va. Il ne faut pas traîner !

— Attends, attends, Yann ! Avant de partir, il faut qu'on marque le coup ! On va déposséder le gros mafieux !

Mon plan, c'est de trouver la caverne d'Ali Barbec. Grâce à la fabuleuse machine des services secrets français, nous allons infiltrer l'entrepôt aux merveilles, la salle du château où le vieil ogre accumule tous ses tableaux. Yann hésite, il trouve ça risqué. Mon enthousiasme balaye ses tergiversations :

— Il faut le faire, Yann ! Quand on lui aura volé ses toiles les plus valables, on aura de quoi repartir de zéro avec un petit capital ! On ne peut vraiment plus rentrer en France, ni errer comme des clochards dans toute l'Europe. Allez, le temps nous est compté !

On remonte les longs couloirs du sous-sol où serpente un petit filet d'eau. C'est celle des douves qui continue de noyer ma cellule, et qui engloutit peu à peu toute l'infrastructure du château. Nous gravissons plusieurs escaliers et à un tournant, nous croisons un vacancier de plage particulièrement adapté à ce nouvel environnement : Docteur Markus, le fameux psychanalyste hongrois en short et chemise hawaïenne. Probablement peu renseigné sur les derniers événements, il vient au-devant de nous et offre sa poignée de main. Celle de Yann se met à trembler, ses phalanges, ses griffes ! Doit-il faire couler son sang avant qu'il ne donne l'alerte ? Non, calme-toi, supersoldat ! Le psychanalyste restera notre ami. À l'instinct, je lui ouvre nos cœurs et l'invite à nous rejoindre, alors ses petits yeux s'élargissent derrière ses grosses lunettes :

— Plaît-il ?

— Vous comme nous, M. Markus, nous sommes retenus dans ce château pour une période indéterminée. Ce que nous vous proposons désormais, c'est de vous échapper avec nous pour mener la belle vie.

— Bert', je crois que…

Déterminé, je poursuis :

— Entre vous et moi, M. Markus, malgré le gîte et le couvert offerts, je vous devine un salaire bien ingrat et une routine déplorable. Vous vous avilissez ici, on ne vous estime pas à votre juste valeur ! Avec nous, vous serez libre, riche et apprécié, je vous le promets ! D'ailleurs, Barbec pourrait-il seulement vous formuler une proposition similaire ?

Le docteur sourit, hoche la tête puis me serre la main. C'est acté ! Il nous accompagnera dans notre périple, et s'investit dès maintenant. Nous géolocalisons vite la grand-salle et arrivons devant l'immense porte, prêts à nous emparer du trésor transnational. Yann enfonce sa machine dans le trou de la serrure, on attend quelques secondes, puis tout se déverrouille. C'est le CLIC CLIC CLIC déclic qui va nous rendre riches ! À l'intérieur, des centaines de tableaux ont été accrochées sur les murs, mais également déposés sur le sol, voire entassés en piles informes sur les côtés. Entre deux toiles contemporaines, je retrouve le tableau qu'avait emporté Vacaresco dans l'avion, celui du petit taulard de la Santé. Je l'observe et crois vraiment reconnaître ma patte, je reste fasciné. Alors, je décide de l'emporter. Avec mes deux monte-en-l'air, nous nous emparons des toiles qui nous semblent les plus prometteuses, avant de marcher vers notre liberté.

Lorsque nous arrivons devant le pont-levis, un homme nous aperçoit devant la rangée de 4 × 4. Forcément, il nous reconnaît tout de suite et son visage se plisse. Il entre dans un véhicule pour klaxonner l'alerte, mais Yann vient de prendre une pilule : le super soldat bondit dans le ciel, puis plonge vers sa cible sur la dizaine de mètres, avant de s'encastrer dans le pare-brise et la poitrine du Transylvanien. Les vitres se recouvrent de sang, et ce tableau édifiant agit sur moi comme une piqûre de rappel. Le manuscrit de mon arrière-grand-père ! Ce peigne-cul de Barbec l'a gardé, je ne peux décemment pas le lui laisser… Yann, donne-moi ton appareil. Je n'en aurai pas pour longtemps, les gars. Emparez-vous d'un 4 × 4, mettez les toiles dans le coffre et installez-vous, je vais revenir très vite !

Je cours en sens inverse et saute sur la muraille. Un éclair traverse la bruine et une tempête se lève, alors les vieilles briques glissent. Je sors mes griffes pour mieux les agripper. Escaladant la plus haute tour, je m'oriente grâce au boîtier de la DGSE et repère bien vite la fenêtre de l'ogre. Alors, je cours à la verticale, bondis et me réceptionne sur le rebord. Depuis l'extérieur, j'analyse les ténèbres et détecte des silhouettes. J'en compte des centaines ! Toutes allongées, elles paraissent épuisées. Une dizaine d'hommes de main cuvent leur vin dans les bras de prostituées. Je comprends mieux pourquoi le château paraissait déserté ! Le vieux mafieux a organisé une orgie pour fêter la capture du vampire ! Et le Docteur Markus n'y a même pas été convié... J'entre et me dirige vers le grand lit à baldaquin, Barbec y ronfle aux côtés des plus belles créatures. Parmi elles, je reconnais Anca, paisiblement endormie. Mon cœur se déchire, mais le legs de mon ancêtre m'attend sur la table de nuit. Je m'en empare et repars. Après avoir soigneusement évité sur le sol les corps repus de sexe et d'alcool, je rejoins vite la fenêtre. Mission accomplie, haha !

« Mais qu'est-ce que vous foutez là ? » Mon cœur bondit et je perds l'équilibre. Au fond de la pièce, debout et bien réveillé, Vacaresco vient de me repérer ! Il ne me laisse pas le temps répondre, il enjambe tous les fêtards d'un seul bond et me saute à la gorge ! Nous basculons et chutons dans le vide, des branchages de chêne nous tailladent tandis que la muraille cogne alternativement nos deux têtes. Arrivés en bas, nous roulons dans un matelas de feuilles mortes et continuons de nous battre. Je le mords à l'épaule, il me tord le bras, nous nous envoyons des bourre-pifs et notre sang se mêle à la pluie. Je me rends compte que nous avons atteint le pont-levis, alors j'envoie la tête de Vacaresco dans un maillon de l'énorme chaîne.

Là, il s'écroule assommé. Les phares d'un 4 × 4 s'allument et le moteur se met en marche. Je ramasse mon carnet, boite jusqu'à la portière ouverte et me laisse tomber sur la banquette arrière. Démarrez ! Démarrez !

— Qu'est-ce qui s'est passé ?

La voiture part en quatrième vitesse et s'engouffre dans la forêt, je peux leur expliquer : « C'était Vacaresco, il a failli me tuer. J'ai eu la peur de ma vie ! » D'un coup, un nouvel éclair déchire le ciel, et une main s'aplatit sur le pare-brise ! Tête en bas, la figure enragée de Vacaresco réapparaît, nous hurlons tous comme un seul homme. Il est sur le toit ! Yann crispe ses doigts sur le volant, puis pile sans prévenir. Le 4 × 4 s'arrête net, mon nez s'explose contre un repose-tête et l'assaillant de la carrosserie se retrouve catapulté loin devant sur la route forestière. Le Docteur Markus, d'habitude si calme, se met à aboyer sur son siège passager : « Redémarrez ! Redémarrez ! Il faut lui foncer dessus, écrasez-le ! » Yann ne se fait pas prier, il appuie sur le champignon. La lumière des phares qui avancent a tout juste le temps de révéler les yeux du vampire désarticulé, et on y lit de la terreur. Les amortisseurs s'excitent quand nous lui passons dessus. Après quelques kilomètres de malaise, nous nous sentons soulagés. J'essaye de détendre l'atmosphère :

— Haha, cet imbécile aurait pu participer à une orgie avant de crever, mais non, il est le seul à ne pas s'être déshabillé !

Yann me regarde dans le rétroviseur intérieur :

— De quoi tu parles ?

— Barbec a organisé une petite fête au château pendant qu'on était enfermés. Vacaresco n'en a pas profité, je crois qu'il s'est contenté de mater.

— Mais c'est normal, Bert' ! C'est un vampire...

— Et alors ?

Un ange passe, et nous n'entendons plus que le bruit de la pluie. Yann hésite, puis il consent à m'expliquer :

— Lorsqu'un vampire est parvenu au terme de sa mutation, il devient asexué. Les vrais vampires ne peuvent pas se reproduire, Bert'. Ils n'éprouvent plus aucun désir sexuel.

Mes cheveux se dressent sur ma tête. C'est pour ça que je n'arrivais jamais à conclure ? Si je mute jusqu'au bout, je serai condamné à vivre comme un ascète pour le restant de mes jours ? Non, c'est trop cruel ! D'un seul coup, je pardonne foncièrement Yann d'avoir voulu entraver ma métamorphose. Je lui demande :

— Heu, il te reste des pilules rouges ?

Markus, lui, regarde par la fenêtre et bougonne :

— Une orgie... Je savais bien qu'ils organisaient des trucs sympas dans mon dos...

Sur les conseils du docteur, Yann a ingéré une pilule de super soldat afin de se maintenir éveillé. Après douze heures de route, nous sommes arrivés à Vienne. On s'est étirés, puis baladés le long des charmantes petites rues pavées. Alors qu'il nous servait de guide dans le Museumsquartier, Markus nous a suggéré un grand hôtel qu'il avait déjà fréquenté, réputé notamment pour sa grande discrétion.

Trois chambres de grand luxe, on allait vraiment pouvoir souffler ! Pas de tracas à l'horizon, on pouvait même s'offrir des séances de jacuzzi et de massages pour bien évacuer. On en avait besoin, après les manipulations chimiques des services secrets français, les vraies métamorphoses avortées et les frustrations accumulées. Sans compter notre traque à l'échelle européenne ! Pour passer plus inaperçus, j'ai rasé mon crâne et me suis laissé pousser une longue barbe. Yann, lui, a enfilé une perruque et s'est procuré une paire de Ray-Ban. Quant au Docteur Markus, il a abandonné ses chemises à fleurs au profit d'un costume trois pièces. Au moins, lui parlait l'allemand ! Il a donc prospecté pour nous acheter un local, une future galerie d'art, ni trop isolée, ni trop exposée. Le lieu idéal pour effectuer des transactions entre connaisseurs camouflés. Aucune annonce, aucune publicité, des contacts directs de Markus s'étaient montrés intéressés par les tableaux volés.

Toutes les œuvres se sont retrouvées exposées dans notre galerie rue Walfischgasse, tout près du Parlement et de la Cité de la musique, que fréquentait une population à la fois interlope et branchée. Nous avons quitté l'hôtel pour intégrer un appartement situé juste au-dessus de notre nouveau lieu de travail. Le matin, je descendais prendre un café en terrasse juste en face, et je regardais les passants s'agglutiner devant notre vitrine. Au beau milieu trônait le tableau du petit taulard, probablement toujours emprisonné à la Santé. Les Viennois restaient fascinés, se faisaient violence pour s'en détacher, commençaient à repartir, puis revenaient l'observer. Comme je m'identifiais à l'auteur de cette toile, je me sentais glorifié par procuration, comme si mon talent avait enfin été reconnu.

Un jour, alors que je revenais d'une promenade au centre-ville, j'ai eu la mauvaise surprise de découvrir un emplacement vide dans la vitrine. Yann avait cédé le chef-d'œuvre à vil prix ! Selon lui, ce tableau en lien direct avec la France pouvait nous faire repérer, il fallait s'en débarrasser. Pour le reste, le succès s'était montré au rendez-vous. La galerie ne désemplissait pas, elle devenait un lieu de culture incontournable. Bien sûr, j'étais loin de partager le goût du public. Peu à peu, le Docteur Markus cédait aux sirènes du minimalisme et de l'art abstrait. J'avais beau protester, l'argent faisait loi. Pire que tout, Yann s'était lui-même lancé pour profiter de cette manne. Il gribouillait sur une toile vierge, puis faisait passer son torchon pour l'œuvre maudite d'un obscur peintre new-yorkais, clochard et aveugle. Évidemment, ça fonctionnait du feu de Dieu. Yann s'était alors montré de plus en plus productif, ingérant jusqu'à la lie les pilules de la DGSE.

Ce soir, Markus nous a réservé une petite surprise. Selon lui, nous devons voir plus grand et battre le fer pendant qu'il est bouillant. Convaincu par les résultats issus des techniques de création à la manière

« supersoldat », il suggère que nous étendions l'expérimentation à d'autres drogues, dans le but de nous dépasser. Notre heure est venue, et il nous faut crever le plafond de nos ambitions. Installé en tailleur sur le sol de notre galerie, Markus a disposé plusieurs chevalets équipés de toiles vierges. Des dizaines de pinceaux, rouleaux et tubes de peinture ont été disposés par terre, ainsi qu'un tas de matériaux destinés à sculpter. Pendant l'expérimentation, nous ne devrons perdre aucune miette de l'inspiration et transposer nos idées sur les supports éparpillés. Après ses explications, le docteur sort une petite valise à pharmacie, la déverrouille et l'ouvre sur plusieurs compartiments de gélules, comprimés et pilules aux couleurs diverses. Yann demande interloqué :

— Markus, bon sang, mais d'où tu sors ça ?

Le docteur esquisse un sourire glacial :

— De simples amis viennois dans le domaine pharmaceutique. Rassurez-vous, ces médicaments restent inoffensifs. Le seul danger que vous courrez, ce sera de doper votre matière grise !

Médicaments ? On dirait plutôt de la MDMA ou autres opioïdes. Ça ne me dit rien qui vaille, je demande clairement :

— Vous pouvez nous donner le nom de ces médocs ?

— Si je vous le dis, l'expérience va rater. Il faut que vous restiez vierges de toute arrière-pensée, afin de passer directement à l'action créatrice. Faites-moi confiance, tout va bien se passer !

— Je n'en suis pas si sûr, Markus. Le traitement

anti-vampire continue de se balader dans mon organisme, et le métabolisme de Yann est complètement chamboulé aux pilules de super soldat. On ne connaît absolument rien de ces substances, elles ont été produites par les services secrets ! Comment pouvez-vous savoir que les mélanges ne vont rien provoquer ?

— Mais je ne prétends rien du tout, cher Bertrand. Les pionniers se sont toujours confrontés à l'inconnu, il n'y a jamais eu de nouvelles découvertes sans prise de risque. Bien sûr, je vous laisse le choix. À vous de voir, si vous voulez entrer dans l'histoire…

Yann et moi, nous nous dévisageons, remplis d'appréhension. Markus ne m'a absolument pas rassuré, mais d'un autre côté, qu'est-ce que j'ai à perdre ? Je ne tiens pas à vendre des toiles jusqu'à la fin de mes jours, je risque d'étouffer dans cette galerie de quartier. Déjà coincé par ma mutation biologique, j'aspire à de nouveaux horizons. En fin de compte, peut-être qu'il a raison. Je vais reprendre mon destin là où mes ennemis l'ont stoppé. La création m'emmènera là où personne ne viendra me chercher. D'un ton déterminé, je réponds à Markus :

— Allons-y, je suis prêt.

Le super soldat m'emboîte le pas :

— Allez ! Au pire, on va bien rigoler.

Le docteur paraît ravi. Avec une vivacité et une précision qu'on ne lui aurait jamais soupçonnées, il pioche plusieurs gélules dans sa valise et les jette sans hésiter dans des gobelets en plastique. Puis il nous tend deux verres d'eau et nous précise le dosage à respecter. D'un geste ferme, je saisis les médocs et les avale sans me poser de question. Yann m'imite encore plus rapidement, puis nous attendons les effets. Selon Markus, ils peuvent prendre plusieurs minutes à se manifester.

Rien ne se passe, et puis sans prévenir, Yann se lève et titube. Penché en avant, il serre les dents et se maintient la tête, comme si elle menaçait d'exploser. Hé, Yann, est-ce que ça va ? Il me lance un regard de détresse. Bert' ! Beeeeeert', bon sang ! D'un coup, il se dirige vers une toile vierge et y enfonce son poing. Son bras traverse la surface et fait tomber le chevalet. Je me redresse pour aller le voir, mais je perds également l'équilibre. Je m'écroule et aperçois le Docteur Markus en contre-plongée. Il ne paraît vraiment pas affolé, il a sorti un cahier et se contente de prendre des notes sur ses jambes croisées. C'est quoi, ça, comme genre d'expérience ?

J'arrive à me relever, alors je cours au-devant de Yann. Tombé à genoux, il bave et fouille dans les matériaux disposés sur le sol. Qu'est-ce qu'il cherche ? Je le dévisage et j'ai l'impression qu'il sourit, même dans cet état de semi-conscience. Il agrippe un sac de ciment, le déchire et le jette dans une bassine en plastique. Puis il s'empare d'une bouteille d'eau, saisit d'innombrables flacons et commence à tout mélanger. Une pâte informe surgit entre ses doigts, il la malaxe frénétiquement et commence à la sculpter ! À ce moment précis, une douleur insupportable s'empare de ma boîte crânienne. Je me cabre et je hurle, j'ai envie de vomir. Brandissant le poing en direction de Markus, je crie : « Pourquoi vous nous avez fait ça, Docteur ? Vous voulez nous tuer ? » Seulement, le pharmacien improvisé ne me calcule toujours pas, et son stylo poursuit sa route sur le papier. Yann, lui, triture sa mixture sans relâche, méchamment concentré.

Mais on sonne à la porte. Pourquoi personne ne bouge, je suis le seul à entendre ? Luttant contre la douleur, je me traîne vers l'entrée de la galerie. Mon cerveau continue de rôtir, comme s'il essorait l'intérieur de mon crâne. Alors, mon œil clignote de douleur, et au moment où je me penche vers le judas, une vision d'horreur me cloue sur place. La galerie de mes pires cauchemars ! Je vois le gros Barbec qui tambourine à la porte, mais comment est-ce possible ? À ses côtés se dressent plusieurs momies enturbannées, mes premières victimes ! Farid et Salim aussi se tiennent là, ils grognent et exhibent de gigantesques canines. Quand Vacaresco apparaît derrière le policier breton, je me retourne pour vomir et lutte pour conserver la raison. « Ouvre, Bertrand ! Laisse-nous entrer ! Tu pensais vraiment pouvoir t'échapper ? » Ces paroles sortent par la serrure, mais elles paraissent très lointaines.

Dos à la porte, je sonde la galerie du regard. Je cherche Yann et Markus, mais ils ont disparu de la pièce ! En revanche, valise à pharmacie et matériaux artistiques sont restés. Dans la bassine en plastique, une tête informe semble me lancer un regard… Hé merde, lui aussi je le reconnais ! C'est le golem, mon monstre de viande hachée ! Comment m'ont-ils tous retrouvé ? Le démon gluant sort de son récipient et commence à grossir, alors je cours à l'étage. Je me précipite dans ma chambre et plonge sous mon lit, le crâne bouillant. J'entends des pas dans les marches ! Je me recroqueville sur le sol et mes doigts palpent un livre. C'est le carnet à dessins de mon ancêtre. Dans un sursaut de désespoir, je l'ouvre à une page au hasard, illustrée au pinceau : dans une maison à étage, un enfant s'est caché sous son lit. Un monstre gigantesque sourit et monte l'escalier. Il précède une foule de vampires.

Table

DU MÊME AUTEUR :

Croisade apocalyptique (DuB éditions, 2014).
L'histoire du loser devenu gourou (Aux forges de Vulcain, 2015).
Spartacus (Aux forges de Vulcain, 2017).
Underdog samouraï (Aux forges de Vulcain, 2022).

Co-écrit avec Johann Zarca

Success Story (La goutte d'or, 2019).

PAPIER À BASE DE FIBRES CERTIFIÉES

Le Livre de Poche s'engage pour l'environnement en réduisant l'empreinte carbone de ses livres. Celle de cet exemplaire est de :

150 g éq. CO_2

Rendez-vous sur www.livredepoche-durable.fr

Composition réalisée par Soft Office

Achevé d'imprimer en janvier 2022, en France sur Presse Offset par
Maury Imprimeur – 45330 Malesherbes
N° d'impression : 260151
Dépôt légal 1re publication : février 2022
LIBRAIRIE GÉNÉRALE FRANÇAISE – 21, rue du Montparnasse – 75298 Paris Cedex 06

48/5817/4